怪傑佐羅力之
大圖鑑
角色大全集

原作・監修 原裕
翻譯 詹慕如

怪傑佐羅力之大圖鑑 角色大全集

目次

前言

剛開始我在編寫佐羅力的故事時，原本只想讓亞瑟、艾露莎、海盜老虎、噗嚕嚕、摳噗嚕這些角色輪流出場。可是，當佐羅力要搬上電視螢幕變成動畫，電視臺對我提出要求說：「我們希望一年可以拍五十集動畫，請盡量讓故事裡多出現一些不同的角色。」我記得正是因為這樣的要求，於是我開始刻意增加故事裡的新角色。

現在，回顧過去我所創造的這些角色，除了覺得懷念，也想起了創作當時的情景之外，有時候還會好奇：「咦？我在哪裡畫過這個角色呢？」，想想連我自己都感到驚訝。

希望各位也能在這本大圖鑑裡找到令你懷念的角色，假如你發現你不認識哪一個角色的話，也別忘了把書找出來看看呵。

原裕

ZZ

本書的使用方法

為了讓大家能夠更享受閱讀這本書的樂趣，我先告訴你們頁面裡特別希望大家注意的地方。

介紹文

會在這裡簡單的介紹每個角色。

大研究

閱讀佐羅力之前的故事，仔細研究每個角色吧！

※在這裡會介紹可以表現角色特徵的代表性集數。

角色分類

我們把出現過的角色依類別來分類。在這裡用了不同顏色的標籤來區別，可以先從自己感興趣的類別開始看。

名字和長相

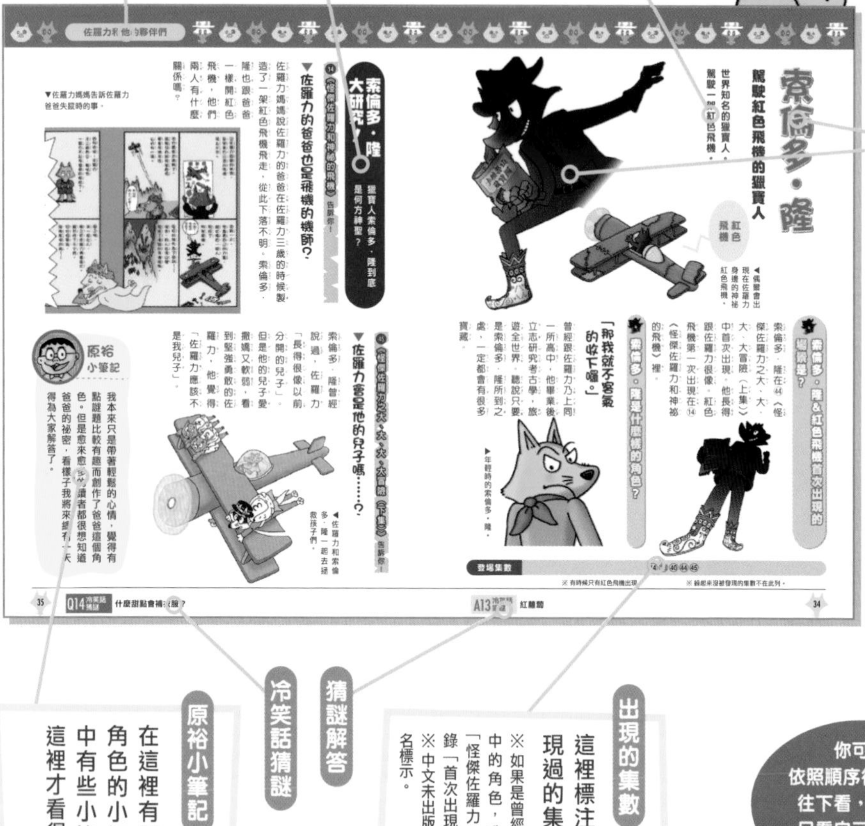

佐羅力和他的夥伴們

索倫多・隆

駕駛紅色飛機的獵寶人

世界知名的獵寶人，駕駛一架紅色飛機。

紅色飛機

◀偶爾會出現在佐羅力身邊的神祕紅色飛機。

索倫多・隆&紅色飛機首次出現的場景是？

索倫多・隆在㊹《怪傑佐羅力之大、大、大、大冒險（上集）》中首次出現。他長得跟佐羅力很像。紅色飛機第一次出現在⑭《怪傑佐羅力和神祕的飛機》裡。

索倫多・隆是什麼樣的角色？

「那我就不客氣的收下囉。」

曾經跟佐羅力乃上同一所高中，他畢業後立志研究考古學，旅遊全世界。聽說只要是索倫多・隆所到之處，一定都會有很多寶藏。

▶年輕時的索倫多・隆。

登場集數 ⑭ ㊵ ㊹ ㊺

※有時候只有紅色飛機出現　※躲起來沒被發現的集數不在此列。

A13 冷笑話猜謎 紅蘿蔔　34

索倫多・隆大研究！

獵寶人索倫多・隆到底是何方神聖？

⑭《怪傑佐羅力和神祕的飛機》告訴你！

▼佐羅力的爸爸也是飛機的機師？

佐羅力媽媽說佐羅力的爸爸在佐羅力三歲的時候製造了一架紅色飛機飛走，從此下落不明。索倫多・隆也跟爸爸一樣開紅色飛機，他們兩人有什麼關係嗎？

▼佐羅力媽媽告訴佐羅力爸爸失蹤時的事。

㊺《怪傑佐羅力之大、大、大、大冒險（下集）》告訴你！

▼佐羅力會是他的兒子嗎……？

索倫多・隆曾經說過，佐羅力「長得很像以前分開的兒子」。但是他的兒子變得又軟弱，看到堅強勇敢的佐羅力，他覺得「佐羅力應該不是我兒子」。

◀佐羅力和索倫多・隆一起去拯救孩子們。

原裕小筆記

我本來只是帶著輕鬆的心情，覺得有點謎題比較有趣而創作了爸爸這個角色。但是愈來愈多讀者都很想知道爸爸的祕密，看樣子我將來總有一天得為大家解答了。

35　Q14 冷笑話猜謎 什麼甜點會補腦？

出現的集數

這裡標注了該角色出現過的集數。

※如果是曾經出現在「菠菜人」中的角色，我們也以出現在「怪傑佐羅力」系列的集數來記錄「首次出現」的集數。

※中文未出版的集數，以暫譯書名標示。

猜謎解答

冷笑話猜謎

原裕小筆記

在這裡有原裕對於角色的小評語。其中有些小祕密只有這裡才看得到呵。

你可以依照順序從頭到尾往下看，也可以只看自己喜歡的角色喔！

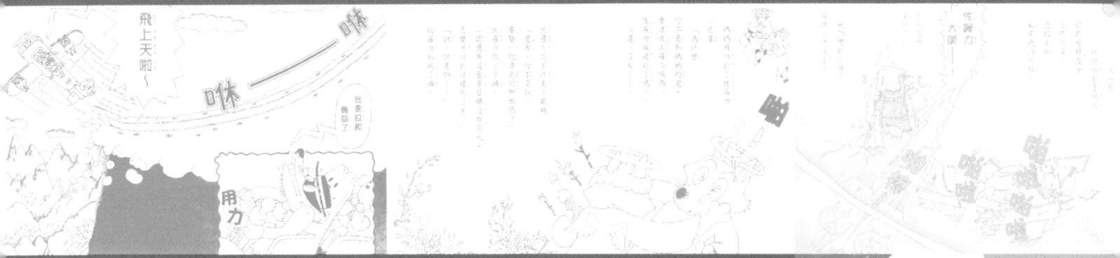

佐羅力和他的夥伴們

詳細介紹主角佐羅力，以及跟他一起旅行的伊豬豬、魯豬豬和佐羅力的家人之外，還介紹了作者原裕跟京子。

佐羅力

以惡作劇之王為目標，踏上冒險之路！

帶著跟班小弟伊豬豬和魯豬豬，踏上修練之旅的狐狸。總是積極樂觀，最擅長變裝跟發明！

怪傑佐羅力

在緊要關頭的時候，就會變身為「怪傑佐羅力」。

佐羅力的家人

佐羅力的媽媽在佐羅力小時候就生病去世了。他的爸爸則在佐羅力三歲時下落不明。

媽媽

佐羅力乃

他會是佐羅力的爸爸嗎？

索倫多・隆

登場集數　「怪傑佐羅力」全系列的每一本

佐羅力首次出現的場景是？

①《怪傑佐羅力之打敗噴火龍》

佐羅力下定決心要成為惡作劇之王，他一個人踏上旅程，首次出現的場景是在一個草原上。在這之後，他將遇到伊豬豬跟魯豬豬。

媽媽，你等著瞧吧。
為了當一個頂天立地的大人，
我獨自踏上男子漢的旅程。
除非成為一名「惡作劇之王」，
否則，我絕不回家！

佐羅力的出道作品是？

「菠菜人」系列

在「怪傑佐羅力」系列之前，佐羅力就誕生了。當時的作品是「菠菜人」系列（文／水嶋志穗，圖／原裕，中文未出版）。這個時候的佐羅力就已經是個愛惡作劇、老是使壞的角色。

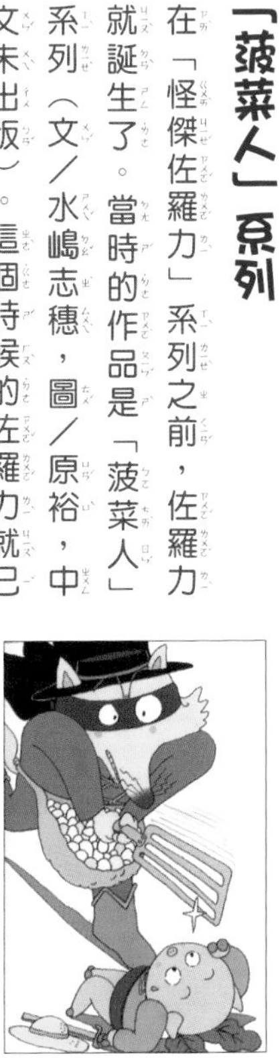
▶攻擊主角波伊波伊的佐羅力。

佐羅力有哪些服裝？

平常旅行時穿著的裝扮

草帽加上披風，把行李掛在肩膀上，這就是佐羅力的旅行裝扮。

佐羅力是什麼樣的角色？

「把一切都安心的交給我吧！」

自稱「惡作劇天才」、「邪惡使者」的佐羅力，其實是個好人。他雖然想做壞事，卻總是很不幸的（!?）幫助了別人。

佐羅力旅行的目的是什麼？

第1 當一個惡作劇之王

以「惡作劇之王」為目標的佐羅力。他旅行的目的之一，就是要修練惡作劇的技巧。

通緝海報
怪傑佐羅力
若發現此人
請通知動物警察

▲佐羅力在第⑬集被警察通緝。

◀佐羅力露出這種表情的時候，就表示他正在動腦筋想惡作劇的點子。

第2 跟可愛的新娘子結婚

佐羅力旅行的另一個目的，就是跟可愛的新娘子結婚。大概是因為太想結婚了吧，他只要一看到可愛的女孩子，就會馬上喜歡上對方。

▲想像自己被新娘子包圍，開心不已的佐羅力。

▶魯豬豬畫的徵婚海報。

第3 蓋一座雄偉的佐羅力城

靠自己的力量蓋一座城堡，也是佐羅力旅行的目的之一。他曾經成功蓋起一座佐羅力城，卻被怪獸毀掉了。

喀啦喀啦喀啦

▲怪獸以為城堡是媽媽，用力一抱，弄壞了城堡！

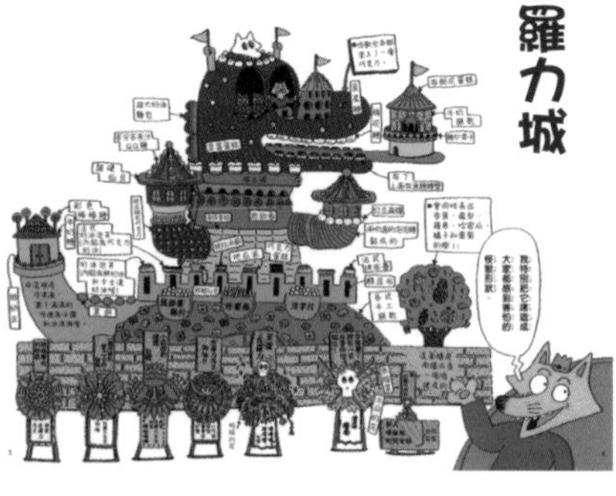

▶佐羅力蓋的「佐羅力城 Part 2」。是一座怪獸形狀的點心城堡。

佐羅力大研究！

回顧佐羅力過去的旅程，仔細研究佐羅力的個性和專長！

①《怪傑佐羅力之打敗噴火龍》告訴你！

▼壞人的偶像

伊豬豬和魯豬豬原本在噗嚕嚕山當山賊。他們認識佐羅力後，告訴他，佐羅力是「壞人的偶像」。

▲沒想到做壞事的名聲還傳到山賊耳中，佐羅力一定很高興吧。

②《怪傑佐羅力之恐怖的鬼屋》告訴你！

▼珍惜夥伴

佐羅力雖然立志要當惡作劇之王，但是他也經常幫助別人。尤其是他有緣認識的妖怪們遇到困難，他就算嘴上抱怨，還是會出手幫忙。

▶妖怪學校的老師經常向佐羅力求助，而佐羅力幫忙妖怪的次數還真不少。

㊾《怪傑佐羅力之神祕間諜與巧克力》告訴你！

▼很快就會喜歡上女孩子

佐羅力對一見鍾情的女生，非常專情。他在情人節收到巧克力，還誤以為對方是認真的，打算向對方求婚呢。

▶遇到蘿絲時也一下子就喜歡上她了。

㉗《怪傑佐羅力之強強滾！拉麵大對決》告訴你！

▼雖然常常失敗，他還是很積極樂觀

就算失敗了，也不會因此沮喪，這也是佐羅力的優點之一。像他想利用催眠術抬高拉麵價錢時，事蹟敗露被顧客痛罵一頓；但是他很快就逃走，並沒有放在心上。

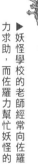

⑤《怪傑佐羅力之媽媽我愛你》告訴你！

▼最愛媽媽

佐羅力最喜歡溫柔的媽媽了。有時候還會因為想起媽媽而流淚。不過，因為有跟媽媽在一起時的快樂回憶，他才能夠變得堅強。看到別人的家庭有困難，他總是忍不住出手幫忙，這是因為想起自己的媽媽，心情也變得溫柔的關係。

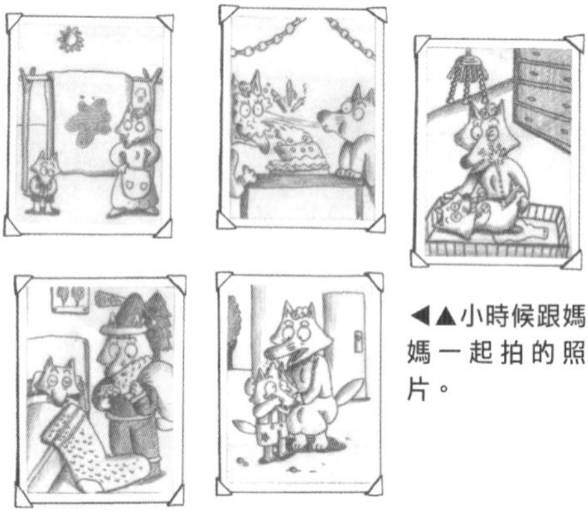

◀▲小時候跟媽媽一起拍的照片。

⑭《怪傑佐羅力和神祕的飛機》告訴你！

▼佐羅力的爸爸下落不明？

佐羅力的爸爸原本是飛行員，在他三歲時失蹤了。佐羅力不太記得爸爸的事。

▲佐羅力身邊偶爾會出現很像爸爸開過的那架紅色飛機。

⑦《怪傑佐羅力之勇闖巧克力城》告訴你！

▼愛吃鬼

佐羅力是一個愛吃鬼，遇到喜歡的東西也會十分珍惜的慢慢吃。愛吃鬼的個性讓他在吃零食的時候獲得好幾次中獎機會。

▲用了三層不同巧克力的噗嚕嚕巧克力，他第一天舔最上層、第二天舔第二層、第三天舔第三層。這就是佐羅力的「愛吃鬼舔法」！

⑦《怪傑佐羅力之勇闖巧克力城》告訴你！

▼運氣絕佳

即使遇到危機，佐羅力多半都能逢凶化吉。雖然他有時候也會有「這次完蛋了」的感覺，但是最後總會依靠連他本人都沒想到的好運氣解決困境。

▶佐羅力被推下懸崖，幸好鼻子凍傷腫大卡住樹枝。他被反作用力彈回去，也因而得救。

《怪傑佐羅力之猜謎大作戰》告訴你！

▼非常擅長腦筋急轉彎！

佐羅力腦筋轉得很快，堪稱一流！不管再難的「腦筋急轉彎」他都能馬上答出來。

▲佐羅力的實力有多強，可看看外星新娘那一集的故事。

⑦《怪傑佐羅力之勇闖巧克力城》告訴你！

▼絕對不輕易放棄

不管遇到什麼危機，佐羅力從來不會輕言放棄。當他陷入絕境時，上天總是賜給他好運氣，這些好運氣或許是佐羅力永不放棄的心所帶來的。

▲直到最後都不放棄，這就是佐羅力。

⑮《怪傑佐羅力之妖怪大作戰》告訴你！

▼天才發明家！

冒險過程中需要的東西，佐羅力會利用收集來的破銅爛鐵，做出很厲害的成品，像是火箭、船、飛機、機器等。佐羅力也是個一流的發明家。

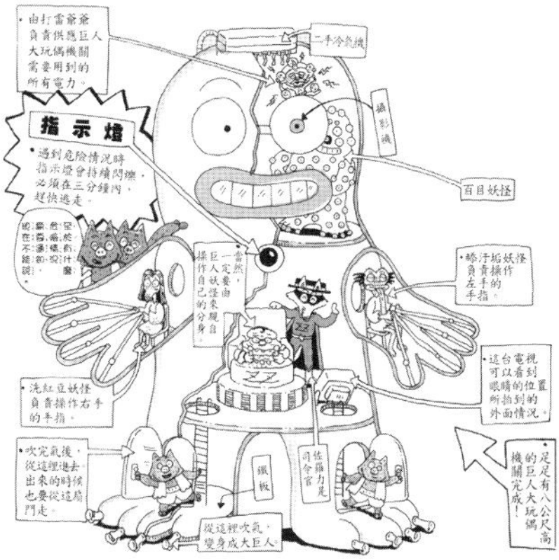

▲巨人大玩偶

原裕小筆記

現在佐羅力的年紀應該已經超過100歲了。將來有一天，我也得寫寫他長壽的祕訣。

Q3 冷笑話猜謎 什麼茶很迷糊？

伊豬豬

伊豬豬的家人

跟雙胞胎弟弟魯豬豬感情很好。就算偶爾出錯，也會彼此掩護幫忙。

弟弟
魯豬豬

很尊敬佐羅力，山豬雙胞胎中的哥哥。

職業是山賊，山豬雙胞胎中的哥哥，他和弟弟魯豬豬一起跟著佐羅力旅行。

登場集數	「怪傑佐羅力」全系列的每一本

伊豬豬和魯豬豬首次出現的場景是？

①《怪傑佐羅力之打敗噴火龍》

原本是山賊的伊豬豬和魯豬豬，因為肚子太餓去攻擊關東煮店。這時佐羅力帥氣登場，趕走關東煮店的老闆，三個人和樂融融吃掉關東煮。

伊豬豬的特徵是什麼？

1 右眼（畫面上的左邊）較大

2 右鼻孔（畫面上的左邊）較大

3 沒有痣

4 喜歡紅豆麵包和菠蘿麵包

想分辨他跟魯豬豬的不同之處，看看臉上有沒有痣是最簡單的方法。

伊豬豬是什麼樣的角色？

「走吧，魯豬豬。」

平常雖然會出錯，不過伊豬豬也有可靠的一面。他常常會擺出哥哥的樣子教訓魯豬豬。

▶看到有女孩子在胡蜂旁邊玩，魯豬豬說「不用管她」時，伊豬豬決定出手幫忙。

原裕 小筆記

我畫伊豬豬和魯豬豬時，一開始並沒有特別鮮明的個性。後來為了製作動畫，接到許多跟角色設定相關的問題，兩人的個性才漸漸顯現出來。

Q4 冷笑話猜謎 澳洲什麼梨不能吃？

魯豬豬

魯豬豬的家人

跟哥哥伊豬豬是雙胞胎，外表幾乎一模一樣。兄弟倆都有點冒失迷糊，這一點也很像。

哥哥
伊豬豬

跟佐羅力一起旅行，是山豬雙胞胎中的弟弟。

魯豬豬是山豬雙胞胎中的弟弟。他很尊敬佐羅力，並和哥哥伊豬豬一起跟隨佐羅力旅行。

登場集數　「怪傑佐羅力」全系列的每一本

跟佐羅力第一次一起惡作劇是哪一幕？

①《怪傑佐羅力之打敗噴火龍》

山賊伊豬豬和魯豬豬攻擊關東煮店，剛好遇上邪惡使者佐羅力。他們朝逃走的關東煮店老闆吐舌頭，跟佐羅力成了好朋友。

魯豬豬的特徵是什麼？

1 左眼（畫面上的右邊）較大
2 左鼻孔（畫面上的右邊）較大
3 有痣
4 喜歡飯糰

右臉頰（畫面上的左邊）的痣是魯豬豬最可愛的地方。

魯豬豬是什麼樣的角色？

「馬鈴薯印章做好了喔！」

魯豬豬有一項佐羅力和伊豬豬都沒有的專長。那就是他很擅長畫畫。他還懂得製作精美的馬鈴薯印章，甚至能夠手工繪製出假鈔。

原裕小筆記

一開始他們本來只是一對上了年紀的雙胞胎，不過製作動畫時配了音、開始有動作，漸漸變得愈來愈可愛。因此讀本原作也受到影響，成為現在的伊豬豬和魯豬豬。

Q5 冷笑話猜謎 什麼飲料最受歡迎？

伊豬豬和魯豬豬大研究！

讓我們更仔細的研究這對陪伴佐羅力一起旅行的山豬雙胞胎！

㉑《怪傑佐羅力之超級有錢人》告訴你！

▼糊塗

總之伊豬豬和魯豬豬是一對非常糊塗的兄弟。偶爾佐羅力也會受不了大罵：「你們這兩個笨蛋！」不過平常都不太跟他們計較。

▲伊豬豬和魯豬豬曾經因為失誤，讓鈔票全部變成了廢紙。

③《怪傑佐羅力之魔法師的弟子》告訴你！

▼嘿吼！嘿吼！嘿嘿吼！

他們總是跟佐羅力一起開心唱歌。雖然唱得不怎麼樣，但他們好像非常喜歡唱歌。

㉙《怪傑佐羅力之地獄旅行》告訴你！

▼大胃王和愛吃鬼

時時刻刻都覺得肚子餓的伊豬豬和魯豬豬，不僅食量大，也跟佐羅力一樣是個愛吃鬼。他們經常因為被食物吸引而搞砸事情。

▶把閻魔王的大章魚燒吃得乾乾淨淨，結果有了上電視挑戰大胃王的機會。

㉖《怪傑佐羅力之恐怖嘉年華》告訴你！

▼非常尊敬佐羅力

伊豬豬和魯豬豬很尊敬惡作劇天才佐羅力，他們這種尊敬的心情，隨著旅途前進變得愈來愈強烈。

㉕《怪傑佐羅力之命運倒數計時》告訴你！

▼很擅長化解危機！

這兩兄弟經常遇上危險狀況，不過他們也具備了好運氣，都能夠克服困難。

▲伊豬豬被鱷魚吃掉，多虧了澀柿子才讓鱷魚又把他吐出來。

㊲《怪傑佐羅力緊急出動！守護恐龍蛋》告訴你！

㊺《怪傑佐羅力之大、大、大、大冒險（下集）》告訴你！

▼最大的長處—放屁

「放屁」是伊豬豬跟魯豬豬最擅長的事情。他們每次放屁都能化解危機，這項技能也愈來愈拿手。

▲屁可以讓魯豬豬飛到遠處。

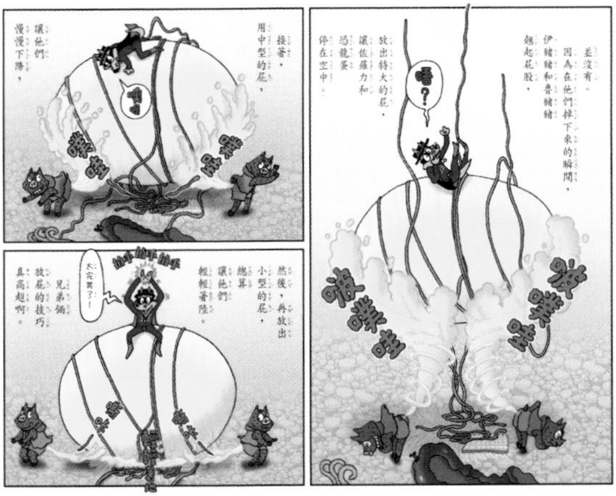

◀他們還能控制屁的強度。擁有十分精湛的放屁技巧。

Q6 冷笑話猜謎 明明是米做成的，吃起來卻像粗麵條的食物是？

佐羅力和伊豬豬、魯豬豬的

超級變裝秀

佐羅力他們在故事中會以各式各樣的裝扮出現。在這裡為大家隆重介紹這些精采變裝！

變裝類型 職業篇

從事打工等各項職業的裝扮。

打敗噴火龍專賣店店員

變裝欺騙亞瑟。販賣奇怪的道具，騙走亞瑟的武器。

登場集數 ①

魔術師

表演各種搞笑的魔術。

登場集數 ③

觀光船船長

謊稱「幽靈船」為「觀光船」，將亞瑟和艾露莎騙上「幽靈船」時的裝扮。

學者

解說一片噗嚕嚕巧克力，可以花三天時間來享受之佐羅力特有吃法時的學者裝扮。

登場集數 ⑦⑨

觀光船船員

配合假扮船長的佐羅力，伊豬豬和魯豬豬也扮成船員。

登場集數 ⑥

佐羅另老師

打扮成小學老師，打算跟河童們一起嚇孩子。

登場集數 ⑫

晴空相聲劇場的伊豬豬魯豬豬

伊豬豬和魯豬豬說相聲的樣子。

登場集數 ⑮⑰㉕㊻

鑑定師

化身為鑑定師，介紹各種可能有價值的道具。

登場集數 ⑯

宅配員

潛入造幣局，以及將伊豬豬和魯豬豬偷偷送進美術館時的裝扮。

登場集數 ㉑㉞

漢堡店店員

佐羅力和伊豬豬在漢堡店打工時的樣子。魯豬豬則參照他們打工所賺到的鈔票，繪製假鈔。

登場集數 ㉑

道路施工工地的打工裝扮

在道路施工工地打工的裝扮。為了跟從遊戲世界逃出的米昂公主一起玩，深夜去打工賺錢。

登場集數 ㉒

名偵探

在獅子溫泉旅館找出偷走黃金獅子的犯人時的裝扮。

登場集數 ㉔

拉麵王（佐羅力）

假扮成知名人物拉麵王，企圖把鶴鶴軒和龜龜亭這兩家拉麵店占為己有。

拉麵店老闆

利用騙來的鶴鶴軒，開設佐羅力拉麵店。

登場集數 ㉗

Q7 冷笑話猜謎 什麼動物是從國外回來的？

天氣預報師 伊豬男 魯豬男

在叉叉頻道的現場轉播中，隨便報天氣預報的伊豬豬和魯豬豬。

登場集數 ㊻

服務生

便利商店店員

洗碗工

為了購買求婚用的一百朵玫瑰時，努力打工時的樣子。

送報員

登場集數 ㊿

貨運人員

混在搬運雕刻品的貨運人員中，偷偷潛入豪宅時的裝扮。

登場集數 ㊼

變裝類型 運動

參加五輪匹克或大聯盟等運動時的裝扮。

足球選手

跟少年足球隊比賽足球時的裝扮。球衣上有佐羅力的臉作為標誌。

登場集數 ⑫

冰上溜石隊

佐羅力假扮成冰上溜石選手，好躲過警察的追捕，伊豬豬和魯豬豬則扮成石壺。

登場集數 ⑳

棒球選手

受妖怪學校的老師所託，參加妖怪大聯盟時的裝扮。佐羅力他們身上穿著重建隊的球衣。

登場集數 30

潛水服裝扮（水上運動）

要渡過冰冷湖水時，為了以防萬一，穿上潛水服的樣子。

登場集數 39

馬拉松選手

參加五輪匹克馬拉松項目的伊豬豬和魯豬豬。他們想出了兩人在中途換手的策略，最後獲勝了。

登場集數 55

教練

為了幫助五輪匹克的選手，魯豬豬假扮成教練。

登場集數 55

五輪匹克的工作人員

變裝為五輪匹克工作人員的佐羅力等人。他們想盡各種辦法要拿到金牌。

登場集數 55

變裝類型 時尚

跟佐羅力他們平時截然不同的時尚打扮。

貴族風格裝扮

打扮成旅行中的貴族，自告奮勇要打敗噴火龍的佐羅力。

登場集數 1

恐龍

為引誘恐龍，魯豬豬穿上佐羅力製作的人偶服裝。

登場集數 9

Q8 冷笑話猜謎 什麼鳥最愛化妝？

三人合一

為了只付一張票錢進場觀看「超酷恐龍秀」時的裝扮。

登場集數 ⑨

尿布裝扮

為了拯救小嬰兒，穿上紙尿布，從懸崖往下跳的佐羅力和魯豬豬。

登場集數 ⑤

孩提時代1

跟媽媽一起拍下的懷念合照。看來佐羅力從小就很喜歡怪傑的裝扮。

登場集數 ⑤

耶誕老人

佐羅力打扮成耶誕卡片上耶誕老人的樣子。

登場集數 ⑪

燕尾服

因為說謊騙了外星公主，佐羅力只好跟豬豬子結婚時的裝扮。

登場集數 《怪傑佐羅力之猜謎大作戰》

囚衣

被動物警察逮捕，關進監獄時的樣子。

登場集數 ⑬

泥土人球

就這樣，佐羅力天天都挖著洞。
你們好像變胖了耶？
那是錯覺啦。

用牢獄裡挖出的土塗在伊豬豬和魯豬豬身上。

登場集數 ⑬

孩提時代2

爸爸失蹤時佐羅力的樣子。這是佐羅力三歲時發生的事。

登場集數 ⑭

波斯凱國王

為了讓丹克得到金牌，佐羅力穿上波斯凱國王的人偶裝嚇他。

登場集數 ⑳

盛裝打扮的魯豬豬

戴上禮帽、穿好燕尾服，盛裝打扮的魯豬豬。在挑錯遊戲裡面的裝扮。

登場集數 ㉔

浴衣裝扮

在獅子旅館泡完溫泉後穿上浴衣的樣子。第一天過得很悠閒，恢復了體力。

登場集數 ㉔

藝術品

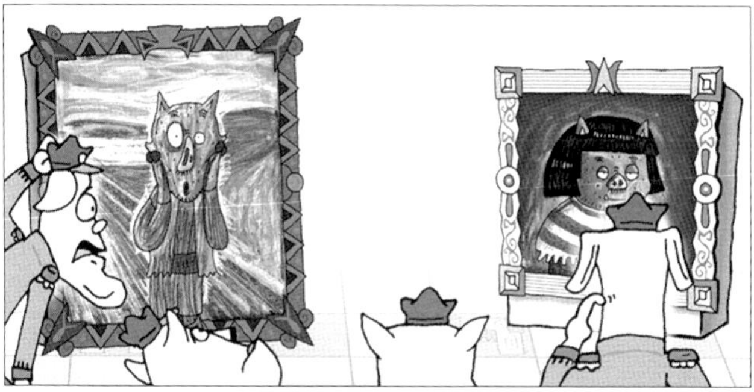

為了潛入美術館，伊豬豬和魯豬豬化身為繪畫作品。

登場集數 ㉞

安全第一的裝扮

進入快要崩塌的城堡地下調查時的裝扮。

登場集數 ㉟

西裝

打算求婚時，穿上西裝的樣子。

登場集數 ㊱

Q9 冷笑話猜謎 什麼衣服不能穿在身上？

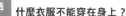

面具人

參加「大胃王電視冠軍」表演的樣子。因為當時被通緝，所以做了面具遮住臉。

登場集數 ㊳

胖子佐羅力（旅行裝扮）

在「大胃王電視冠軍」中吃太多，變成胖子的佐羅力。看起來很痛苦。

登場集數 ㊳㊴

胖子佐羅力（怪傑裝扮）

變胖的佐羅力之二。因為太胖，怪傑裝扮也不怎麼帥氣。

登場集數 ㊳㊴

胖子伊豬豬和魯豬豬

變胖的伊豬豬和魯豬豬。兩個人原本就偏胖，現在更胖了。

登場集數 ㊳㊴

嬰兒小山豬

喝了「返老還童池」的水後，變成嬰兒時的伊豬豬和魯豬豬。

登場集數 ㊸

睡衣1

在大型電器行住一星期時的樣子。

登場集數 ㊻

小四

佐羅力穿上河童連續劇「回憶橋」主角小四的服裝。

登場集數 ㊻

浴袍打扮

穿浴袍正在放鬆的伊豬豬。

登場集數 ㊼

新郎

魯豬豬想像中的三人結婚典禮中的新郎裝扮。佐羅力、伊豬豬和魯豬豬都穿上體面的燕尾服和蝴蝶領結。

登場集數 47

睡衣2

住在肯特家時所穿的睡衣裝扮。

登場集數 《怪傑佐羅力之猜謎大王》

水母安全帽

拯救海龜後在他帶領下前往海底遊樂園時的裝扮。戴上海龜交給他們水母般的安全帽，在海裡也可以呼吸。

登場集數 《怪傑佐羅力之海底大探險》

怪傑裝扮的魯豬豬

魯豬豬找到佐羅力的服裝後穿上的模樣。因為尺寸不合，所以袖口和下擺穿起來都鬆垮垮的。

登場集數 54

佐羅利奇家族

參加猜謎節目時的裝扮。

登場集數 《怪傑佐羅力之猜謎大王》

Q10 冷笑話猜謎 什麼昆蟲博學多聞？

變裝類型 幻想世界

宛如幻想世界中的變裝姿態。

勇士裝扮

出發打敗噴火龍的佐羅力。穿上了從亞瑟那裡騙來的鎧甲。

登場集數 ①

蝗蟲&蝸牛

被魔法師變身的伊豬豬和魯豬豬。只有臉還是原本的樣子。

登場集數 ③

魔法師

搶走魔法師的魔法杖時的樣子。靠魔法杖的力量收集到服裝。

登場集數 ③

海盜

佐羅力他們成為海盜同伴時的樣子。

登場集數 ④⑥

海盜船長

擁有自己的船，成為船長的佐羅力。

登場集數 ④

忍者

進行忍者修練時的樣子。

登場集數 ⑯

A10 冷笑話猜謎 蟬（知了）

佐羅力鼠

打造了佐羅力樂園後，佐羅力他們自己變身為遊樂園裡的吉祥物，打算騙過亞瑟。

登場集數 ⑧

天使造型

要闖出地獄時的裝扮。因為讓鬼誤認為天使而被趕出地獄，佐羅力他們因此能前往天堂。

登場集數 ㉘

神燈的燈神

佐羅力他們跟燈神交換、變成神燈裡的燈神。雖然可以使用魔法，但是卻無法離開神燈。

登場集數 51 52

變裝類型 妖怪

變裝成妖怪嚇唬大家的樣子。

吸血鬼

變身為吸血鬼的佐羅力。不過，害怕十字架和大蒜這些特性也跟吸血鬼一樣。

登場集數 ②

Q11 冷笑話猜謎 哪一種盤子不能裝東西？

蛇髮女妖

變成蛇髮女妖的佐羅力。一拿下太陽眼鏡照到鏡子，結果自己就變成了石頭。

登場集數 ②

狼人

佐羅力變身成狼人的樣子。當烏雲遮住月亮，臉上就會開始出現變化。

登場集數 ②

木乃伊

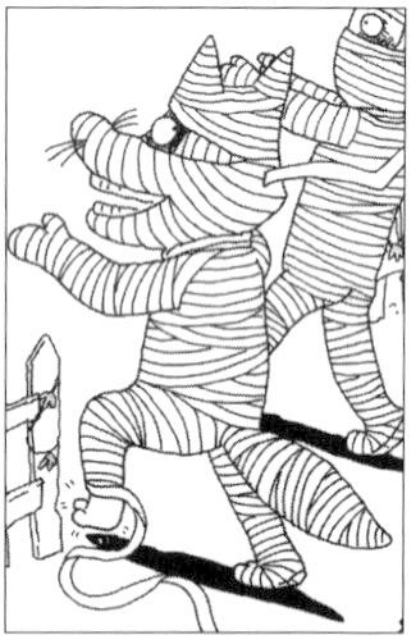

佐羅力變身為木乃伊。伊豬豬他們幫他在身上纏繃帶，但是解開後就變得全身光溜溜。

登場集數 ②

廁所的花子小姐

魯豬豬裝扮成廁所的花子小姐，躲在馬桶裡想要嚇學校裡的小朋友。

登場集數 ⑫

小黃瓜（帥）狐狸

妖怪運動會中的佐羅力為了變成有九條尾巴的「九尾狐」，把黃瓜裝在頭上。

座敷童子

魯豬豬為了讓自己看起來像河童，在頭上裝了假髮，很簡單的變裝。

四眼小和尚

伊豬豬裝扮時把兩顆畫了眼睛的乒乓球塞在鼻孔裡，像是有四個眼睛。

登場集數 ㊿③

變裝類型　女裝

變身為女人的裝扮，出場的次數並不多。

老奶奶1

變裝為茶水舖的老奶奶。想用「巨無霸飯糰」惡作劇來整亞瑟。

登場集數 ①

豬豬子

變裝為佐羅力情人的伊豬豬和魯豬豬。伊豬豬在衣服裡扛著魯豬豬。

登場集數 ㊿

婚紗（豬豬子）

豬豬子穿上由外星人公主為了結婚典禮所準備的婚紗。

登場集數 《怪傑佐羅力之猜謎大作戰》

老奶奶2

受妖怪之託，邀約孩子們與老師走進鬼屋時的樣子。

登場集數 ⑮

佐羅惠

被警察追捕時佐羅力躲進服裝店變裝。警官犬拓因此對她一見鍾情。

登場集數 ⑰

婚紗（佐羅惠）

在結婚典禮上穿婚紗的佐羅力。

登場集數 ⑰

粉紅色洋裝

由於衣服在河邊不見了，只好勉強穿上撿到的洋裝。

登場集數 54

Q12 冷笑話猜謎 哪一種文具口味很重？

佐羅力媽媽

在天堂守護著佐羅力的溫柔媽媽

佐羅力的媽媽名叫佐羅力乃，她在佐羅力小的時候就過世了。

天使裝扮的模樣

兒子
佐羅力

佐羅力媽媽首次出現的場景是？

佐羅力的媽媽在②《怪傑佐羅力之恐怖的鬼屋》中第一次出現。她有時候會請求讀者替佐羅力加油，但是佐羅力並沒有發現媽媽變成了幽靈，一直在身旁守護他。

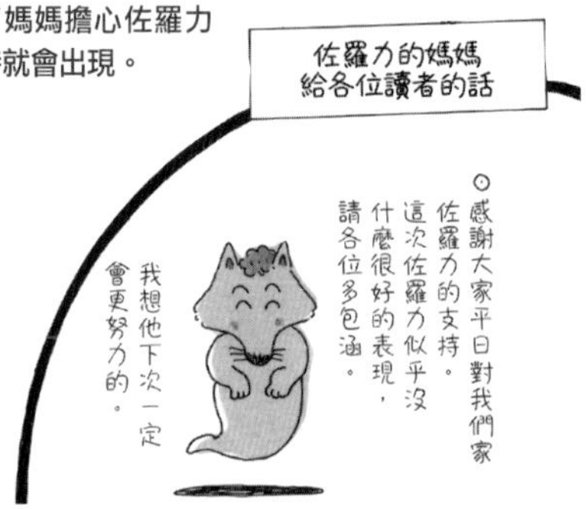
佐羅力的媽媽給各位讀者的話
◎感謝大家平日對我們家佐羅力的支持。這次佐羅力似乎沒什麼很好的表現，請各位多包涵。
我想他下次一定會更努力的。

▼媽媽擔心佐羅力時就會出現。

佐羅力媽媽是什麼樣的角色？

「佐羅力，加油！」

臉上總是掛著微笑的媽媽。默默替獨生子佐羅力的成長加油。

佐羅力，幹得好，媽媽給你金牌，給你金牌。
媽媽用最拿手的編織，打了一個毛線金牌。

▲編織特製金牌替佐羅力加油！

登場集數 ②⑤⑩⑭⑱⑳㉑㉓㉔㉕㉘㉙㊼㊽㊿

※躲起來偷偷加油的時候並沒有放進來。

佐羅力媽媽大研究！

徹底研究非常溫柔的佐羅力媽媽。

㉘《怪傑佐羅力之天堂與地獄》告訴你！

▼意外在天堂見到了佐羅力！

媽媽平常住在天堂，意外跟突然來到天堂的佐羅力驚喜重逢，但是媽媽卻將佐羅力趕回地面，她要佐羅力把該做的事做好以後再來。

▲狠下心來打了佐羅力一巴掌。

㉘《怪傑佐羅力之天堂與地獄》告訴你！

▼媽媽排球隊的隊長

住在天堂的佐羅力乃參加了媽媽排球隊。她帶領隊伍參加在巨蛋球場舉辦的大型比賽獲得優勝，是一支實力堅強的隊伍。

▶抱著大獎盃的佐羅力媽媽，似乎是位優秀的隊長。

㊿《怪傑佐羅力之神祕間諜與100朵玫瑰》告訴你！

▼悄悄出現在隱藏畫之中

為了在一旁守護佐羅力，媽媽經常躲在畫中成為「隱藏畫」。

▼藏在玫瑰花束中。

原裕小筆記

經常有人問我，為什麼佐羅力媽媽頭上有看似泡芙的東西。身為昭和年代的作家，一說到母親馬上就會聯想到這種捲捲頭。現在大家已經不燙這種髮型了吧。

Q13 冷笑話猜謎 蘿蔔喝醉了會變成什麼？

索倫多・隆

駕駛紅色飛機的獵寶人

世界知名的獵寶人。駕駛一架紅色飛機。

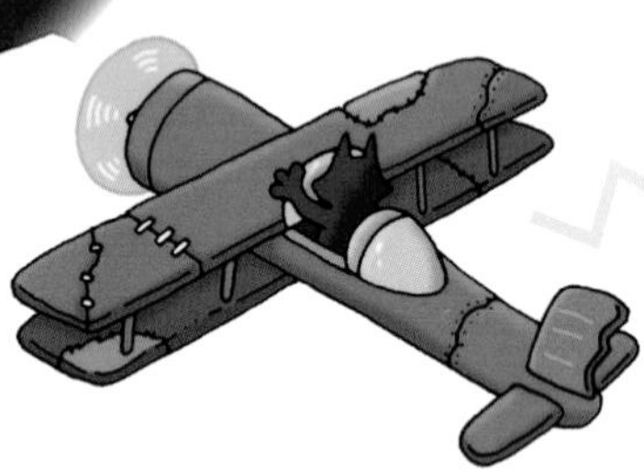

◀偶爾會出現在佐羅力身邊的神祕紅色飛機。

索倫多・隆&紅色飛機首次出現的場景是？

索倫多・隆在㊹《怪傑佐羅力之大、大、大、大冒險（上集）》中首次出現。他長得跟佐羅力很像。紅色飛機第一次出現在⑭《怪傑佐羅力和神祕的飛機》裡。

索倫多・隆是什麼樣的角色？

「那我就不客氣的收下囉。」

曾經跟佐羅力乃上同一所高中，他畢業後立志研究考古學，旅遊全世界。聽說只要是索倫多・隆所到之處，一定都會有很多寶藏。

▶年輕時的索倫多・隆。

登場集數 ⑭㉓㊵㊹㊺

※有時候只有紅色飛機出現。　※躲起來沒被發現的集數不在此列。

索倫多・隆大研究！

獵寶人索倫多・隆到底是何方神聖？

⑭《怪傑佐羅力和神祕的飛機》告訴你！

▼佐羅力的爸爸也是飛機的機師？

佐羅力媽媽說佐羅力的爸爸在佐羅力三歲的時候製造了一架紅色飛機飛走，從此下落不明。索倫多・隆也跟爸爸一樣開紅色飛機，他們兩人有什麼關係嗎？

▼佐羅力媽媽告訴佐羅力爸爸失蹤時的事。

㊺《怪傑佐羅力之大、大、大、大冒險（下集）》告訴你！

▼佐羅力會是他的兒子嗎……？

索倫多・隆曾經說過，佐羅力「長得很像以前分開的兒子」。但是他的兒子愛撒嬌又軟弱，看到堅強勇敢的佐羅力，他覺得「佐羅力應該不是我兒子」。

◀佐羅力和索倫多・隆一起去拯救孩子們。

原裕小筆記

我本來只是帶著輕鬆的心情，覺得有點謎題比較有趣而創作了爸爸這個角色。但是愈來愈多的讀者都很想知道爸爸的祕密，看樣子我將來總有一天得為大家解答了。

Q14 冷笑話猜謎 什麼甜點會補衣服？

原裕

「怪傑佐羅力」系列的作者

不用多做介紹，這位就是佐羅力的作者。他偶爾會出現在書中，跟讀者說話。

原京子

原裕的太太

最大的特徵就是娃娃頭。通常會出現在隱藏畫裡。

原裕首次出現的場景是？

原裕首次出現的場景是⑫《怪傑佐羅力之恐怖足球隊》。這時候還沒有戴眼鏡。

竟然有人會去做這麼麻煩的事！

▲首次出現時。從這時候開始怕麻煩的個性就沒有變。

▶在後面的集數裡，作者原裕的樣子也會變老。

原京子出現的場景是？

做事可靠的原京子出現在㊵《怪傑佐羅力之咖哩V.S超能力》。原裕偶爾會在書裡被一起幫忙創作佐羅力故事的京子唸上一兩句。

如果同情我的話，就給我咖哩。
好老的梗喔——
爸爸或媽媽一看就知道了吧。

▲原京子冷靜的吐槽正在表演過時冷笑話的原裕。

登場集數 ⑫⑬⑱㉑㉓～55

※部分集數只有原裕出現。　※不含出現在隱藏畫中的集數。

原裕&京子大研究！

研究作者原裕和他的太太京子。

㊷《怪傑佐羅力之恐怖超快列車》告訴你！

▼曾經出現在隱藏畫中！

原裕和京子跟佐羅力媽媽一樣，經常出現在隱藏畫中。畫在書衣和封面上的隱藏畫位置有時候會不太一樣，記得仔細找找看呵。書中有些頁面的圖畫，畫得特別仔細，說不定他們就藏在裡面唷！

怪傑佐羅力之
恐怖超快列車
文‧圖 原裕
譯 周姚萍
親子天下

【㊷集封面】

第㊷集書衣上畫的是原裕、書封上畫的是原裕和京子。

顛倒過來看的話……

⑬《怪傑佐羅力之佐羅力被捕了!!》告訴你！

㉕《怪傑佐羅力之命運倒數計時》告訴你！

▼喜歡跟讀者說話！

書裡的原裕會跟讀者說話，告訴讀者佐羅力沒發現的事，或者隨口發發牢騷。

嘿嘿，我問你們哦，你們是不是都以為他們又要放屁了？
放屁這一招，留到下次再用。
8點
7點
6點
5點

畫這樣的頁面時，最輕鬆了。
作者 原裕

原裕小筆記

我跟電影導演希區考克一樣，希望能夠把自己藏在作品裡，以前覺得好玩所以開始這麼做。沒想到有些眼尖的讀者卻一一發現了我，因為很不甘心，現在這已經變成我跟讀者之間的鬥智遊戲了。

Q15 冷笑話猜謎 哪一種麵包不要錢？

佐羅力新聞 第1號

佐羅力媽媽年輕時的夢想是成為服裝設計師？

佐羅力媽媽以前為了成為服裝設計師，她曾在設計學校進修。這件事曾經在電影《怪傑佐羅力ZZ的祕密》揭露過，在電影現場發給觀眾的特典小冊中也有提到。

年輕時的索倫多·隆

索倫多·隆以前是佐羅力媽媽的學長。為了考古學的探險而學會駕駛飛機。

──摘自電影《怪傑佐羅力ZZ的祕密》觀眾特典《怪傑佐羅力的謎樣家族歷史》

索倫多·隆和佐羅力乃是高中的學長學妹

年輕時的佐羅力乃

佐羅力媽媽曾經就讀於設計學校。佐羅力出生後也持續工作，把自己設計的衣服放在精品店裡販賣。

佐羅力乃和佐羅力的回憶

佐羅力的爸爸下落不明之後，成為單親媽媽的佐羅力乃依然給了佐羅力滿滿的愛。雖然她留下年幼的佐羅力先走一步，但是之後還是成為幽靈，一直守護著佐羅力。

佐羅力乃去世的那一天

「菠菜人」系列第一集中描寫了媽媽過世的情景。

──摘自《變身菠菜人》（文／水嶋志穂 圖／原裕）

跟佐羅力共度的日子

參加七五三祭典時的怪傑裝扮是媽媽親手製作的。擅長做衣服的媽媽特別的禮物。

──摘自⑤《怪傑佐羅力之媽媽我愛你》

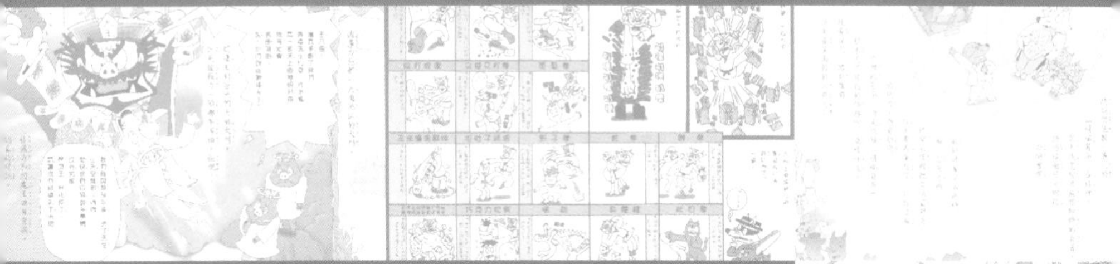

佐羅力的對手們

一舉介紹正義的化身黑豹亞瑟、海盜老虎，還有國際大盜鼠帝等佐羅力的對手！

亞瑟

擁有強烈正義感的黑豹

認真、溫柔、勇敢的黑豹騎士。跟艾露莎結婚，擁有城堡成為國王。

亞瑟的家人

亞瑟和艾露莎育有兒子阿爾薩爾和女兒瑪莎。

妻子 **艾露莎**

兒子 **阿爾薩爾**

女兒 **瑪莎**

亞瑟首次出現的場景是？

首次出現在①《怪傑佐羅力之打敗噴火龍》中與艾露莎公主的婚禮上。當時他正要從國王手中接過象徵王子的王冠。但突然出現了謎樣的噴火龍擄走艾露莎。

亞瑟是什麼樣的角色？

「我要為了心愛的公主，去打敗那隻噴火龍。」

溫柔、勇敢，勇於面對任何困難，充滿正義感的黑豹。發自內心深愛著自己的家人和國民，把大家看得比什麼都重要。

登場集數 ①⑥⑧㊻

亞瑟大研究！

為了艾露莎而奮戰不休的可靠英雄。

⑪《怪傑佐羅力之打敗噴火龍》告訴你！

▼戰勝佐羅力，跟公主結婚

艾露莎公主被佐羅力所騙，差點喜歡上佐羅力。但是亞瑟看穿了佐羅力的伎倆，終於順利跟艾露莎結婚。

㊻《怪傑佐羅力之亂糟糟鬧哄哄電視臺》告訴你！

▼總是跟艾露莎恩恩愛愛甜甜蜜蜜

亞瑟和艾露莎感情非常好，甚至還得過最佳伴侶獎。全國國民都很羨慕他們這對夫妻的幸福生活。

⑥《怪傑佐羅力之邪惡幽靈船》告訴你！

⑧《怪傑佐羅力之恐怖遊樂園》告訴你！

▼因為佐羅力的合約而面臨困境！

佐羅力為了想搶走亞瑟他們的城堡，想盡各種手段要亞瑟在「奉送城堡」這份文件上簽字。亞瑟的城堡差點就被搶走，幸好因為佐羅力他們太糊塗，才保住了城堡。

☆重要文件☆
由於深切期待
佐羅力大師建造
佐羅力城堡二號，
因此將亞瑟王名
城堡奉送給
佐羅力大師。

佐羅力遊樂園
2人用 通行證
☆這張通行證可供情人或夫妻，
在今天不限次數搭乘
佐羅力遊樂園之
遊樂設施，請盡情
暢遊佐羅力遊樂園。
亞瑟

▲▶第一次很快就發現，但第二次直到簽名為止都沒有發現。

原裕小筆記

原本想要以跟這個對手之間的故事為主線發展下去。想不到「打敗噴火龍」中沒能寫完的故事，相隔31年後才終於又寫了「打敗噴火龍2」。

Q1 冷笑話猜謎 哪種動物很堅硬？

海盜老虎

總是干擾佐羅力的海盜

腦子裡藏了一大堆壞心眼的壞海盜。左手可以裝上方便的道具或強大的武器。

海盜老虎首次出現的場景是？

在④《怪傑佐羅力之海盜尋寶記》中，企圖籠絡手上擁有黃金鸚鵡的佐羅力等人。之後讓佐羅力他們吃足了苦頭。

海盜老虎是什麼樣的角色？

「吼哈哈哈哈，被本大爺的計策騙倒了吧。」

這個壞海盜有時想搶別人的海盜船，有時想用假魔法控制整個村子，幹盡了壞事。但是因為經常掉以輕心，所以總是失敗。

登場集數 ④⑬㉒㉜㉝㉟㊱㊷

海盜老虎大研究！

海盜老虎是整個系列中最壞的角色。

④《怪傑佐羅力之海盜尋寶記》告訴你！

▼罪大惡極的壞蛋！

為了達到目的，連殺人也在所不惜的大壞蛋。因為想當海盜船的船長，甚至偽裝成意外想要殺掉佐羅力。

㉝《怪傑佐羅力要被吃掉了！》告訴你！

▼海盜老虎的寶藏是什麼？

佐羅力從老虎的巢穴找到的日記上，有一張藏寶圖！其實這並不是藏寶圖，但佐羅力他們一直到最後都沒發現。

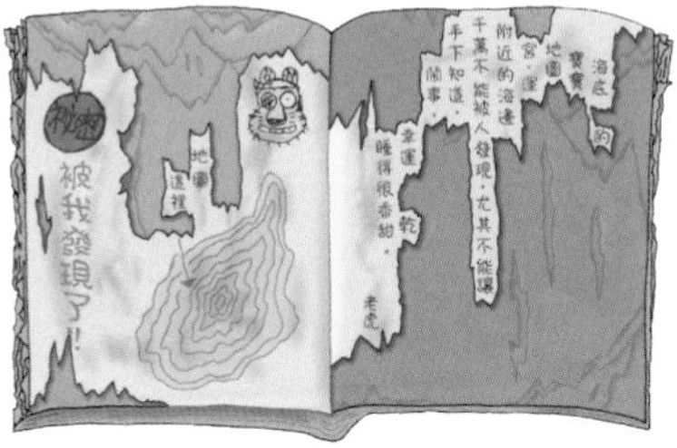

④《怪傑佐羅力之海盜尋寶記》告訴你！

㊱《怪傑佐羅力之神祕寶藏大作戰（下）》告訴你！

▼海盜老虎的左手是祕密道具

海盜老虎的左手是他的祕密道具。起初裝的是魔術伸縮手和電鑽等七種工具，後來換成火焰噴射器。再後來，又換裝成由曼帝製作的巨大噴射砲。

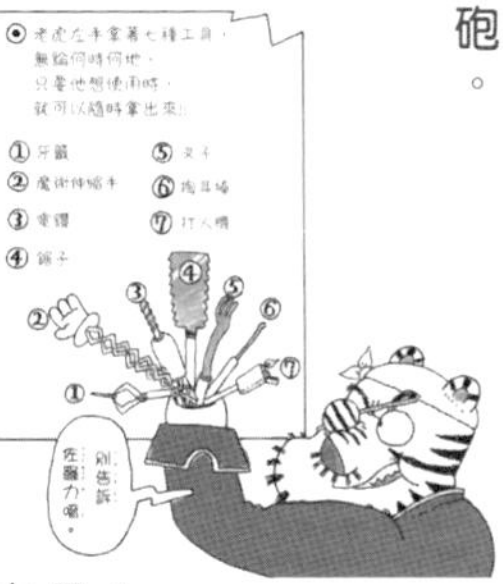

▲▶起初都只是一些小道具，結果漸漸變成各種威力強大的機械武器。

原裕小筆記

海盜老虎對我來說也是深具魅力的對手，所以今後也希望繼續讓他出現。到時候我想回歸原點，讓他正式以大海盜船長的身分出現。

Q2 冷笑話猜謎 哪種狗不會叫？

噗嚕嚕

超吝嗇董事長

噗嚕嚕食品的董事長。腦子裡只想著如何賺錢。

摳噗嚕

拍馬屁員工

噗嚕嚕食品的員工，跟隨在噗嚕嚕董事長身邊工作。

噗嚕嚕&摳噗嚕首次出現的場景是？

在⑦《怪傑佐羅力之勇闖巧克力城》中首次出現。在此之前噗嚕嚕巧克力的「恭喜中獎」從來沒有人抽中過。兩人在說明巧克力的機關時首次出現。

▶噗嚕嚕很得意的對摳噗嚕說明巧克力沒有人會中獎的原因。

噗嚕嚕&摳噗嚕是什麼樣的角色？

「我一定要賺大錢、發大財！」

「噗嚕嚕董事長好聰明呵。」

噗嚕嚕又小氣又狡猾，為了以各種吝嗇又小家子氣的方法賺大錢，總是在動歪腦筋。摳噗嚕永遠跟在噗嚕嚕身邊拍他馬屁。

登場集數 ⑦⑲⑳㉖㉞㊳㊷㊺㊻㊽55

噗嚕嚕&摳噗嚕大研究！

超級小氣，但為了賺錢願意花大錢！

⑦《怪傑佐羅力之勇闖巧克力城》告訴你！

▼不惜成本打造巨大機器人

跟佐羅力第一次對決時，製造了「城堡雪人」這個機器人。之後也陸續製造了許多機器。

▼花錢請曼帝製造的。

⑲《怪傑佐羅力之恐怖的賽車》告訴你！

▼賺錢就是一切

一心只想著怎麼銷售噗嚕嚕食品的零食。用豪華獎品吸引顧客，但通常都不可能讓人抽中「恭喜中獎」。

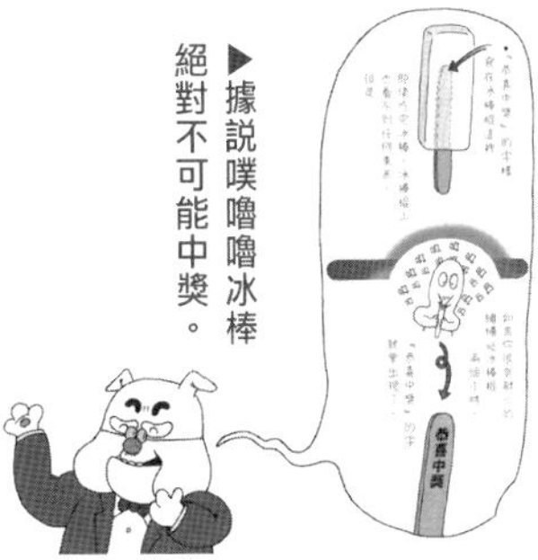

▶據說噗嚕嚕冰棒絕對不可能中獎。

㉞《怪傑佐羅力之偷畫大盜》告訴你！

▼也曾經被鼠帝騙過

滿腦子只想著騙人賺錢的噗嚕嚕，卻被國際大盜鼠帝騙得團團轉。如此狡猾的噗嚕嚕也有糊塗的一面。

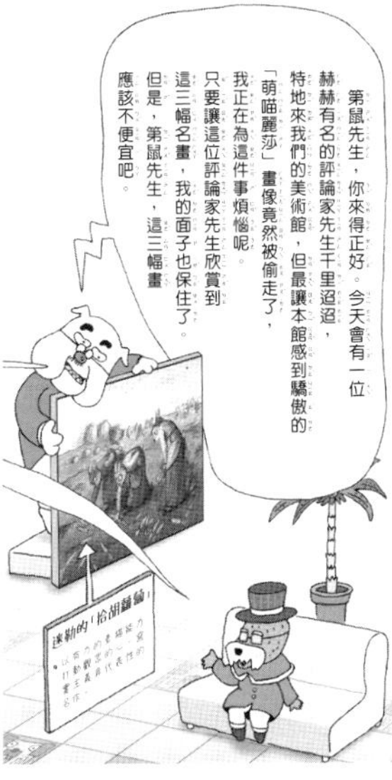

▲鼠帝變裝為畫商，把名畫贗品賣給噗嚕嚕。

原裕小筆記

食品公司之所以一直不願意當動畫的贊助商，是不是因為有這兩個角色的關係呢？對於很愛吃零食的我來說，很希望將來有懂得幽默的公司願意推出各種好吃的噗嚕嚕零嘴點心。

猴丸

猴子忍者

總是跟猩丸在一起的猴子忍者。小個子忍者。

猩丸

猩猩忍者

開設騙人忍者學校的猩猩忍者。大個子忍者。

家族
猩猩家族

猩丸&猴丸首次出現的場景是？

出現在⑯《怪傑佐羅力之忍者大作戰》。宣稱進入忍者學校後只要一星期就可以成為獨當一面的忍者，力邀佐羅力他們加入學忍術。

猩丸&猴丸是什麼樣的角色？

「欸，不是啦，你誤會了啦。」

「佐羅力，你給我站住！」

滿口關西腔的猩丸和猴丸。對錢很計較，因為佐羅力向他們借錢不還，所以猩丸、猴丸很恨佐羅力他們，不斷在找他們。

登場集數 ⑯⑳㉓㉕㉖㉟㊲㊳㊷

※有些集數只有猩丸出現。

猩丸&猴丸大研究！

他們雖然常做壞事，但是對家人很好。

⑯《怪傑佐羅力之忍者大作戰》告訴你！

▼忍者屋的奸詐買賣！

讓人免學費進入忍者學校，再強迫購買昂貴的忍者商品，手法形同詐欺。佐羅力他們也被推銷了很多道具。

▶不向猩丸猴丸購買商品就無法學習忍術。

⑯《怪傑佐羅力之忍者大作戰》告訴你！

▼因為佐羅力而欠債！

本來想從佐羅力身上騙取學費，但是失敗了。而且佐羅力他們逃走之前還點了大量的披薩，害猩丸和猴丸不得不替他們付錢。

㊲《怪傑佐羅力緊急出動！守護恐龍蛋》告訴你！

▼猩丸有家人嗎？

猩丸有太太跟七個小孩，他每個月都把賺來的錢寄回家。他還會寫溫柔的信問候相隔兩地的家人。

▲猩丸寄給家人的信。

原裕小筆記

猴子跟猩猩兩位忍者首次出現時還沒有名字，第二次出場時才替他們取名字。猩丸離家在外工作，將來我也想讓他跟家人團圓。

Q4 冷笑話猜謎 明明很熱卻也很冷的食物是什麼？

犬拓

長相英俊的狗警官

年輕的帥氣警官，全名是犬田拓治。有強烈的正義感，不斷在追捕佐羅力。

犬拓的家人

爸爸是警察署長，聽說犬拓將來也一定會升職。

爸爸
犬拓的爸爸

妻子
辛蒂・克勞豹

犬拓首次出現的場景是？

犬拓首次出現是在⑰《怪傑佐羅力之佐羅力要結婚?!》中負責保護超級名模辛蒂・克勞豹。當時他站在手持麥克風的兔子記者身後，大家發現了嗎？

犬拓是什麼樣的角色？

「我將會用我的生命保護你。」

帥氣爽朗的男子，個性既溫柔又認真。不僅如此，他為人有紳士風範又好相處，內在也一樣帥氣。

登場集數 ⑰⑳㉓㉘54

犬拓大研究！

鍥而不捨的追捕佐羅力，但他的特點可不只是認真。

⑰《怪傑佐羅力之佐羅力要結婚?!》告訴你！

▼沒想到很容易墜入情網

曾經對穿女裝的佐羅力一見鍾情，後來跟名模辛蒂·克勞豹結婚。

沉浸在愛河中的新人

佐羅惠

原裕小筆記

我將這個角色設定為跟原本不擅長相處的對象結婚，想讓他成為最帥氣的角色。希望總有一天能讓身為警官的他，跟吉波里還有多波魯一起，再次與佐羅力對決。

⑳《怪傑佐羅力之恐怖大跳躍》告訴你！

▼爸爸過世了？

犬拓的爸爸本來病情已經痊癒，但是在第⑳集中犬拓拿著爸爸的「遺照」追捕佐羅力。會不會是看到兒子結婚，覺得終於可以安心的走了呢？

54《怪傑佐羅力消失了!?》告訴你！

▼故意放過佐羅力他們

犬拓非常認真努力的想要逮捕佐羅力。但是在54《怪傑佐羅力消失了!?》中，由於伊豬豬和魯豬豬給了他許多幫助，看在伊豬豬和魯豬豬的面子上，故意放過佐羅力。

好的，我知道了。然後我也要被逮捕帶走，對吧。
不，本警官呢，必須先好好執行護送艾達和柴達的工作。至於逮捕你這件事呢，就往後延囉。你乖乖的待在這裡，直到我回來為止。

Q5 冷笑話猜謎 頭上什麼東西又輕又軟？

閻魔王

地獄地位最高的人

負責管理地獄、最有權力的人。對在地獄工作的小惡魔和鬼非常嚴格。

閻魔王首次出現的場景是？

閻魔王首次出現在㉘《怪傑佐羅力之天堂與地獄》。翻看「閻魔帳」的閻魔王發現應該來地獄的佐羅力還沒有來報到，於是命令小惡魔快點將他帶來。

咦？
這個叫佐羅力的傢伙，要來地獄報到的日期早就已經過了，為什麼到現在還沒有來？
喔，這個呀，
這個我就不太清楚了。

閻魔王是什麼樣的角色？

「不管用什麼方法，都一定要把他抓來這裡！」

閻魔王很愛耍威風，又愛使喚人。但是他是神明所任命的地獄管理員，如果不好好工作就會被革職。閻魔王也很辛苦的。

小惡魔

登場集數 ㉘㉙㊻

閻魔王大研究！

雖然被降級為愚魔王，還是不屈不撓的繼續努力。

㉘《怪傑佐羅力之天堂與地獄》告訴你！

▼最愛吃的東西是芝麻仙貝

閻魔王很愛吃芝麻仙貝，工作時也總是嚼個不停。但就是因為這個芝麻仙貝，讓他犯下錯誤，誤將佐羅力抓到地獄來。

㉙《怪傑佐羅力之地獄旅行》告訴你！

▼曾經被佐羅力媽媽大罵

因為閻魔王的失誤，讓佐羅力他們來到地獄。佐羅力媽媽拿著證據痛罵閻魔王，他這才發現自己的錯誤，急忙向佐羅力媽媽道歉。

㉝《怪傑佐羅力要被吃掉了！》告訴你！

▼名字變成了「愚魔王」！

佐羅力那件事讓閻魔王被追究責任降級為不中用的愚魔王。但是在小惡魔的鼓勵之下，他非常努力想要接受考試，再次當上閻魔王。

▲其實在第㉝集中出現過考試的結果。理由只要看第㉞集就會知道。

原裕小筆記

閻魔王是地獄裡的重要角色，本來並不好處理，不過因為他已經漸漸變成一個令人無法討厭的角色，所以我還是繼續讓他在系列中出現。之後應該也會偶爾突然出現在作品中。

Q6 冷笑話猜謎 什麼時間的公車不準時？

愚魔王

被降級的閻魔王

因為誤將佐羅力抓到地獄來，被降級為「愚魔王」的閻魔王。

愚魔王首次出現的場景是？

在㉝《怪傑佐羅力要被吃掉了！》中首次出現。從閻魔王被降級為愚魔王，因而意志消沉。雖然想要再次接受考試成為閻魔王，他卻因為酗酒過度影響了健康，無法接受考試。

愚魔王是什麼樣的角色？

「好，我決定了。我要把那個佐羅力大口吃掉！」

頭頂帽子上的文字變成「愚魔王」，身上衣服的圖案也變成象徵「愚魔王」的「豚馬」（豬跟馬）。個性變得很彆扭，被降級明明是自己的錯，卻覺得「一切都是佐羅力的錯」，決定要吃掉佐羅力他們。

登場集數 ㉝《怪傑佐羅力要被吃掉了！》

小惡魔

閻魔王的手下，
出乎意料的很講義氣。

閻魔王的手下。在閻魔王被降級成為愚魔王後，並沒有拋棄他，依然繼續支持愚魔王。

小惡魔首次出現的場景是？

小惡魔在故事中首次出現於㉘《怪傑佐羅力之天堂與地獄》。但在第㉖集和第㉗集中也曾經出現過小惡魔的小小身影。他從佐羅力他們被帶到地獄的一年前，就開始監視他們了。

▶第㉖集嘉年華會的觀眾中也可以看到小惡魔的身影。

小惡魔是什麼樣的角色？

「任務完成了，我會再把那幾個傢伙丟進胃裡。」

經常可以看到他被閻魔王罵的場景，而且閻魔王老是任意指使他、讓他四處疲於奔命，但他總是為了閻魔王盡心盡力。

登場集數 ㉖㉗㉘㉝㉟㊼

Q7 冷笑話猜謎 馬最喜歡吃的文具是？

鼠帝

國際大盜

被警方指名通緝的地鼠。是偷遍全世界的國際大盜，就算被抓進監獄裡也總是很快就能逃出來。

鼠帝首次出現的場景是？

鼠帝在㉔《怪傑佐羅力之名偵探登場》故事裡正式登場。不過他其實在第⑳集、第㉑集、第㉒集、第㉓集也都曾經偷偷出現。大家不妨找找看他躲在哪裡。

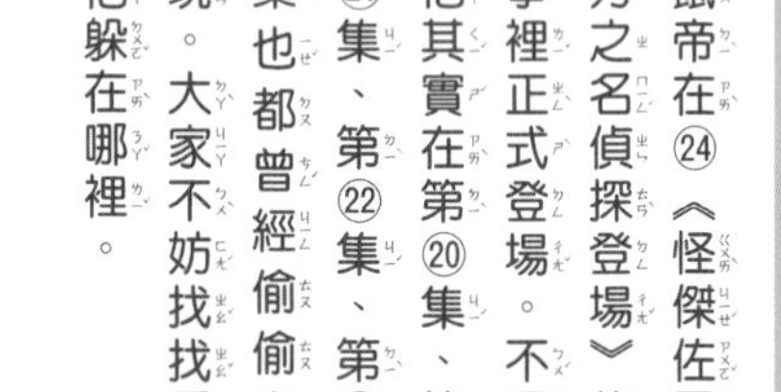

▲佐羅力他們看了鼠帝的傳單，決定前往獅子旅館。

鼠帝是什麼樣的角色？

「嘰吱吱吱，那我就先走一步了。」

國際大盜鼠帝最懂得如何用言語來欺騙對方，也很擅長變裝。因為是地鼠的關係，也很會挖洞。經常跟佐羅力對立，但如果意見一致，他們偶爾也會聯手。

▶佐羅力也經常被很會說話的鼠帝唬得團團轉。

登場集數 ⑳㉑㉒㉓㉔㉖㉗㉞㊳㊴㊷55

鼠帝大研究！

頭腦很好，但也有點糊塗，是個讓人無法討厭的傢伙。

㉔《怪傑佐羅力之名偵探登場》告訴你！

▼偷走黃金獅子！

鼠帝想要偷走黃金獅子，但最後關頭卻失敗了。如果沒有佐羅力他可能就成功了，身為小偷，他的實力還是不容小覷。

▲鼠帝被抓進監獄裡。

㉞《怪傑佐羅力之偷畫大盜》告訴你！

▼也很擅長變裝

不愧是國際大盜，變裝也是鼠帝的專長。曾經化身為畫商，欺騙噗嚕嚕和年輕畫家。

▲以畫商身分「格蘭・第鼠」出現。

㊺《怪傑佐羅力之好吃的金牌》告訴你！

▼為了偷走無人機跟佐羅力聯手

鼠帝想要偷走無人機，偷偷入侵五輪匹克會場的無人機倉庫。沒想到佐羅力向他提出一個可以拿到金牌的計畫，他一口答應合作。

▶滿腦子都是金牌，結果被警察抓到的鼠帝。沒想到國際大盜也挺糊塗的。

原裕小筆記

鼠帝把佐羅力當成對手，而且個性狡猾，有一天我想要寫一個他們倆都被抓進牢裡，然後比賽誰能先逃出來的故事。我已經把這個點子寫在我的佐羅力筆記上了。

Q8 冷笑話猜謎 什麼水果沒有籽？

殺不死

自稱「魔王」的壞蛋頭子

搶走城堡的壞蛋頭子。力氣大到可以把佐羅力丟得遠遠的，但是卻被變大的伊豬豬和魯豬豬打倒。

「嘿嘿嘿，
這個世界可沒有你想的這麼美好。」

登場集數 ⑱《怪傑佐羅力之大戰佐羅力城》

魔女露加

很在意體重，努力減肥的魔女

殺不死的同夥。很在乎體重，所以吃許多減肥食品，但因為吃得太多，反而愈來愈胖。

「看到盒子上寫著
熱量減半，
就放心的開懷大吃了。」

首次出現 ⑱《怪傑佐羅力之大戰佐羅力城》

登場集數 ⑱㉓

關之山

因為很崇拜相撲力士，所以看書和錄影帶研究招式

殺不死的同夥。希望能成為相撲力士，他學會所有招式，卻一直長不胖，只好穿上氣球裝，讓自己看起來很巨大。

「你們就陪我關之山一起練習相撲吧。」

登場集數 ⑱《怪傑佐羅力之大戰佐羅力城》

鬥士爺爺

擅長劈瓦片、劈木板的空手道專家

殺不死的同夥。專精空手道，因為賣力表演招數給佐羅力他們看而精疲力盡，最後被佐羅力他們輕鬆打倒。

「大家都叫我『鬥士爺爺』。沒錯，你們別妄想可以輕易打倒我。」

登場集數 ⑱《怪傑佐羅力之大戰佐羅力城》

Q9 冷笑話猜謎 什麼動物總是站在西邊？

阿忠

能自由自在駕馭火球的中國拳師

殺不死的同夥。靠運氣的能量來發動火球攻擊。雖然成功的將佐羅力他們逼入絕境，但卻也因為能量耗盡而讓人跑了。

「如果中了我的火球，絕對小命不保。」

首次出現	⑱《怪傑佐羅力之大戰佐羅力城》	登場集數	⑱㉓

黑斗篷魔法師

扮成魔法師折磨小鎮居民

魔法師強盜集團的頭子，不斷折磨某一個小鎮的居民。他的真實身分是海盜老虎。

「一定要讓他們吃足苦頭，把他們從這個城鎮趕出去。」

首次出現	㉛《怪傑佐羅力和神祕魔法少女》	登場集數	㉛㉜

魔法師

佐羅力前來拜師的魔法老師

對貓熊和蝙蝠他們施了魔法，讓他們與道具合體的壞心魔法師。其實只是一隻找到了「能實現所有願望的魔法杖」的小狸貓，依靠魔法杖的力量才能變身。

跟佐羅力相遇的場景？

魔法師跟佐羅力相遇的場景在佐羅力他們被食人花奮力吐出來、闖入魔法師城堡的那一幕。他們看到正在吃點心的魔法師，一開口便問：「可以借一下廁所嗎？」魔法師雖然嚇了一大跳，但還是讓他們上了廁所。

魔法師是什麼樣的角色？

「當個魔法師必須經過非常嚴格的訓練。」

接受為了想當魔法師而拜入門下的佐羅力三人，以修練為名叫他們工作。但是魔法師的魔法其實都來自魔法杖的力量，根本不需要訓練。

▶欺騙佐羅力他們，一直叫他們工作。

登場集數　③《怪傑佐羅力之魔法師的弟子》

Q10 冷笑話猜謎　什麼魚不管吃多少還是肚子餓？

曼帝

怨恨佐羅力的天才發明家

製作過許多東西的博士，從巨大機器到奇妙生物什麼都有。

曼帝首次出現的場景是？

曼帝首次出現於㉟《怪傑佐羅力之神祕寶藏大作戰（上）》，他來參加恐怖發明家甄選會。

曼帝是什麼樣的角色？

「那就只能靠我曼帝啦啦啦啦——」

曼帝打造的發明全都被佐羅力一一擊毀。因為這樣，曼帝對佐羅力恨之入骨，而且為了向佐羅力復仇，他決定跟海盜老虎聯手。

海盜老虎

登場集數 ㉟㊱

曼帝大研究！

告訴你最痛恨佐羅力的發明家——曼帝的各種祕密！

㊱《怪傑佐羅力之神祕寶藏大作戰（下）》告訴你！

▼頭腦很好，但是很不會打架？

曼帝是很優秀的發明家，頭腦很好，但他好像不太會打架。一旦他的夥伴海盜老虎被打倒，他一個人落單以後就馬上逃走。

原裕小筆記

我想要描寫一個瘋狂科學家。這位博士可以發明出絲毫不輸給佐羅力的各種奇怪機器，跟佐羅力來場機器對決，感覺很有趣。但是實際要畫出來確實挺辛苦的。

㉟《怪傑佐羅力之神祕寶藏大作戰（上）》告訴你！

▼發明過許多東西！

曼帝發明過城堡雪人、終結者機器人Z等道具。他成為海盜老虎的夥伴後，馬上替海盜老虎發明了新的左手。另外還大大的改造了海盜老虎的船，讓這艘船能飛上天。

▲曼帝發明的東西比他本人還早出現。

佐羅力新聞

第2號

尋找生菜&耳環！

從第㉗集開始就藏在書裡面的可愛小夥伴。他們是原裕養的天竺鼠，生菜和耳環，長得又白又小，還有由原京子創作的「毛茸茸迷你三人組」也出現過。

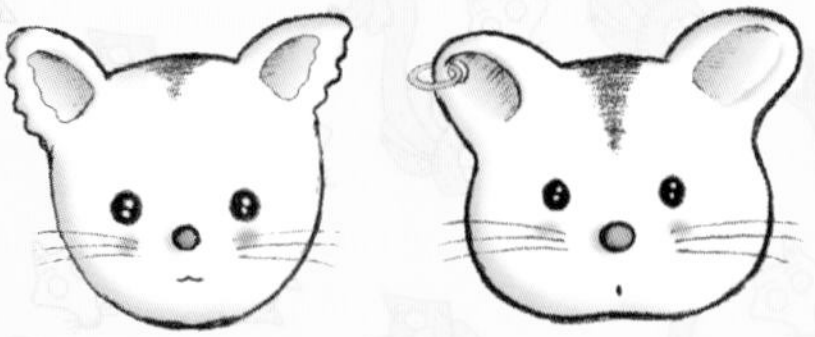

生菜　耳環

▲生菜長得白白瘦瘦，耳環則是白白胖胖，右耳戴著耳環。

書衣

摘自《怪傑佐羅力之打敗噴火龍 2》

封面

▲▶《怪傑佐羅力之打敗噴火龍 2》的書衣畫的是生菜、封面畫的是耳環。

看看他們什麼時候初次登場！

生菜&耳環第一次出現在第㉗集，他們看著原裕工作。「毛茸茸迷你三人組」首次出現在第㉚集的球場廣告招牌。

摘自㉗《怪傑佐羅力之強強滾！拉麵大對決》

摘自㉚《怪傑佐羅力之妖怪大聯盟》

▼第㉝集最後的溫泉場景中五隻同時出現了。

摘自㉝《怪傑佐羅力要被吃掉了！》

天竺鼠

松鼠

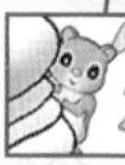

鼯鼠

「毛茸茸迷你三人組」

「毛茸茸迷你三人組」有時也會一起出現。

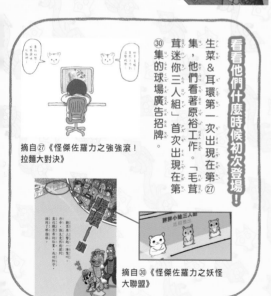

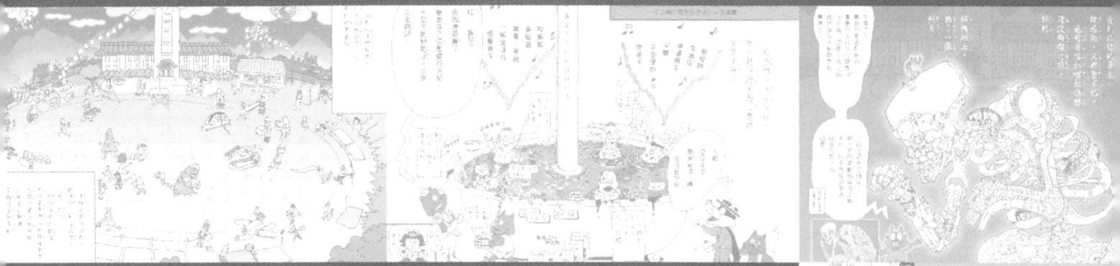

妖怪朋友們

接下來為大家介紹妖怪學校老師，還有佐羅力
他們在旅途中遇見的妖怪們！

妖怪學校老師

經常帶著妖怪們
出現在佐羅力面前

妖怪學校的老師，幫助不再讓人害怕的妖怪找回自信。

妖怪學校老師首次出現的場景是？

妖怪學校老師首次出現在②《怪傑佐羅力之恐怖的鬼屋》。

由妖怪學校老師所帶領的妖怪軍團想嚇鎮上的人，但是並不太成功。

蛇髮女妖
頭髮是蛇變成的，任何人只要一看到蛇髮女妖的眼睛，「血」就會結凍，瞬間變成石頭。
（為了不讓同伴變成石頭，現在戴上太陽眼鏡。）
狼人
一到滿月的夜晚就會變身為狼，大口大口亂咬。
（今天不是滿月，所以沒有變身。）
晚安──
佐羅力大師，
很高興能見到您。
木乃伊
埃及代表，墳場守護者，力氣很大，會用雙手掐住別人脖子。
吸血鬼
英國代表，小口小口吸著「血」來維持生命。

妖怪學校老師是什麼樣的角色？

「佐羅力大師，我們正想要請你幫忙，我已經四處找你很久了。」

為了要嚇人，老師帶著學生們去了許多地方。但是不順利的時候就會來找佐羅力幫忙！

登場集數 ②⑥⑫⑮㉓㉖㉚㉜㉟㊱㊸㊺㊻53

妖怪學校老師大研究！

跟佐羅力交情很好的老師，到底是什麼樣的妖怪？

《怪傑佐羅力之恐怖尋寶記》告訴你！

▼有時候也會幫忙佐羅力！

經常會依賴佐羅力的妖怪學校老師，偶爾也會反過來幫忙佐羅力。佐羅力去尋寶的時候，老師也是二話不說就來幫忙！

原裕小筆記

想不出好點子，或者覺得故事發展不太下去的時候，我就會請妖怪學校的老師出動，這時候故事就可以自然地往下走。對我來說這是一個能夠在困難關頭幫助我的重要角色。

㉚《怪傑佐羅力之妖怪大聯盟》告訴你！

▼真的有打過棒球？

妖怪學校老師很得意的說：「我也算是跟棒球的世界有一點淵源。」不過那是小學時代的事了，三年裡一直在撿球，看來無法期待能發揮什麼實力。

㊸《怪傑佐羅力之恐怖的妖怪遠足》告訴你！

▼跨越兩代的老師

很多妖怪都像雪女吹雪園子和她的女兒安一樣，兩代都是老師的學生。

Q1 冷笑話猜謎　早上不會叫的雞是？

吸血鬼

有尖銳的利牙，吸血的妖怪

靠吸血而生的妖怪。最怕大蒜和十字架，看到鎮上居民拿出十字架，他就昏倒了。

「可不可以請您跟我們一起去，幫忙嚇人呢？」

兒子
拉古拉

首次出現	②《怪傑佐羅力之恐怖的鬼屋》

登場集數	②㉓㉜㊸53

蛇髮女妖

只要看到她的眼睛就會變成石頭！

頭上長著蛇的妖怪。擁有神奇的力量，任何看到她眼睛的東西都會變成石頭。為了避免同伴變成石頭，戴上了太陽眼鏡。

「佐羅力大師，你千萬千萬不能看鏡子呀！」

首次出現	②《怪傑佐羅力之恐怖的鬼屋》

登場集數	②㉓㉟㊱53

A1 冷笑話猜謎　木屐（木雞）

狼人

照到滿月的月光就會變身為狼人！

看起來像人，但是一照到滿月的月光，就會變身狼人。當烏雲遮住月亮時，變身的效力就會消失。

「我們狼人一定要照到月光，才會變成真正的狼人。」

首次出現 ②《怪傑佐羅力之恐怖的鬼屋》

登場集數 ②㉓㊸53

木乃伊

被繃帶一圈圈纏住的妖怪

負責守護墳墓的妖怪，力氣很大。大概是因為嘴巴被繃帶一圈圈纏住，講話常常不太清楚。

◀講話不清楚。

「號的（好的）。
浪我號號當作山靠。
（讓我好好當作參考）」

首次出現 ②《怪傑佐羅力之恐怖的鬼屋》

登場集數 ②㉓㉜㊺53

Q2 冷笑話猜謎 很會游泳的豬是？

洗紅豆妖怪

用洗紅豆的聲音來嚇人！

利用晚上清洗紅豆的聲音來嚇人的妖怪。最近愈來愈少人會被聲音嚇到，讓她很苦惱。

「現在的年輕人，就算聽到洗紅豆的聲音也不會害怕。」

◀用紅豆煮出好喝的紅豆湯，非常開心。

首次出現	⑮《怪傑佐羅力之妖怪大作戰》
登場集數	⑮㉓㉜㉟㊱53

舔汙垢妖怪

伸出舌頭舔啊舔、舔掉汙垢的妖怪

愛把骯髒的浴缸和髒小孩舔乾淨的妖怪。最近大家都維持得太乾淨，少了很多出場的機會。

「浴缸刷得很乾淨，小朋友也每天洗澡，我都沒有髒東西可以舔了。」

◀小朋友們的腳被舔到，紛紛發出尖叫！

首次出現	⑮《怪傑佐羅力之妖怪大作戰》
登場集數	⑮㉓㉜53

打雷爺爺

用打雷來嚇人！

敲打背在背後的鼓，就能叫來雷雨雲的妖怪。上了年紀之後再也無法打出大雷。

「年輕的時候，可以一次打下一百萬伏特的巨雷。」

首次出現	⑮《怪傑佐羅力之妖怪大作戰》
登場集數	⑮㉓㊸㊺

巨人妖怪

吸水之後就會變得巨大無比、像海綿一樣的妖怪

年輕時身體很龐大，老了之後漸漸萎縮。一吸到水身體就會變大。

「我以前真的是大巨人，我的身高足足有十公尺那麼高，要仰頭才能看得我。」

首次出現	⑮《怪傑佐羅力之妖怪大作戰》
登場集數	⑮㉓㉟㊱

百目妖怪

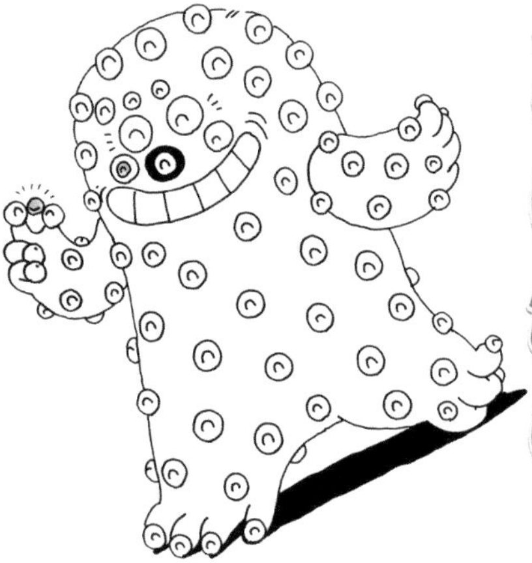

身體上長了許多眼睛的妖怪

可怕的樣子非常嚇人。上了年紀之後視力衰退，必須戴著隱形眼鏡。

「我心愛的隱形眼鏡不見了！」

首次出現	⑮《怪傑佐羅力之妖怪大作戰》
登場集數	⑮㉓

Q3 冷笑話猜謎 哪一種大象很愛發脾氣？

雪女（吹雪園子）

肌膚雪白最有魅力的美女妖怪

會吐出很冰冷的氣息，讓所有東西凍結的雪女。沒有一絲斑點的雪白肌膚是她最引以為傲的優點。

「歡迎你來啊，呵呵呵」。

▶一關燈她的臉就會發亮。

首次出現	《怪傑佐羅力之恐怖尋寶記》	登場集數	㉓㉚㉟㊱㊸

長脖子女妖

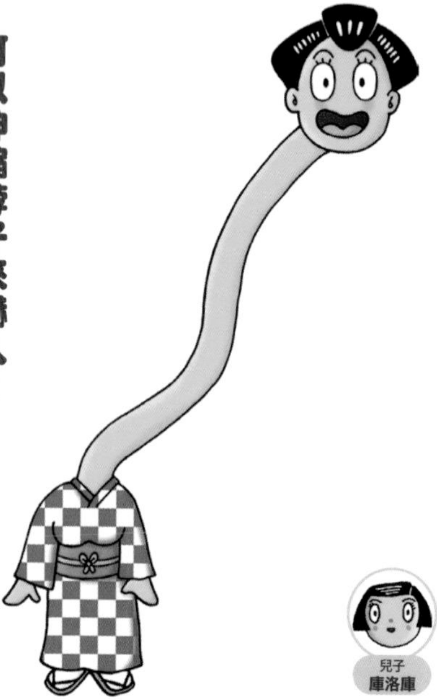

可以伸縮脖子來嚇人！

她的脖子能一會兒伸長、一會兒縮短。她還用脖子纏住佐羅力他們，讓他們飽受驚嚇。

「我脖子伸得好～長，一直期待你來。」

首次出現	《怪傑佐羅力之恐怖尋寶記》	登場集數	㉓㉟㊱㊸53

蜘蛛女

可以從屁股用力發射出絲線！

跟蜘蛛一樣可以從屁股發射出又長又細的絲線。這些絲線很堅固，能把人纏起來抓住。

「請等一下，佐羅力大師。」

首次出現	《怪傑佐羅力之恐怖尋寶記》	登場集數	㉓㉟㊱53

雨傘妖怪

身上奇怪花朵圖案是她最大的特徵

長得很像雨傘的妖怪。可以嚇唬以為是傘而靠近的人。身上有很多長得像眼珠的花朵圖案。

「我最崇拜的佐羅力大師，拜託你了！」

首次出現	《怪傑佐羅力之恐怖尋寶記》	登場集數	㉓㉜㉟㊱53

Q4 冷笑話猜謎 什麼貓不抓老鼠？

拉古拉

爸爸
吸血鬼

帶領小妖怪們的大哥哥

妖怪學校五年級，吸血鬼的兒子。雖然年紀還小，但是很會照顧人，受到年幼的孩子仰慕。

「佐羅力先生，那麼，我們也來自我介紹吧。」

首次出現	㊸《怪傑佐羅力之恐怖的妖怪遠足》
登場集數	㊸53

安

哥哥
吹雪一郎

媽媽
雪女
（吹雪園子）

會吹出冰冷空氣的雪女之女

妖怪學校四年級，雪女的女兒。聽到冷笑話就會吐出冰涼的氣息。

「都是因為佐羅力先生的幫忙，我終於能吐出寒氣了耶。」

首次出現	㊸《怪傑佐羅力之恐怖的妖怪遠足》
登場集數	㊸53

庫洛庫

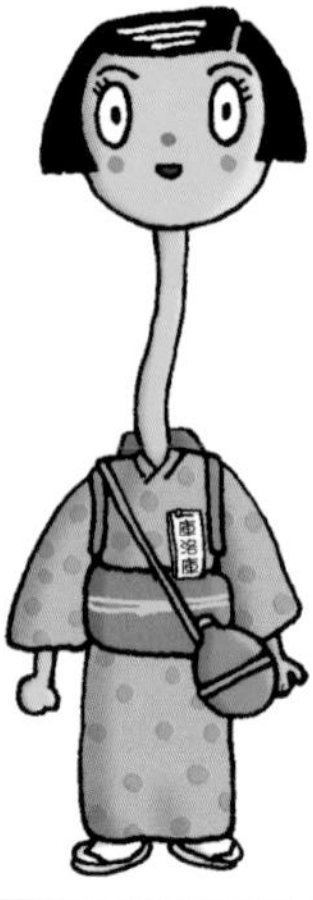

媽媽
長脖子女妖

脖子可以伸得很長的小小長頸妖怪

妖怪學校三年級，長脖子女妖的女兒。差點被大蛤蟆吃掉，這才伸長了脖子。

「佐羅力先生，救命啊！」

首次出現	㊸《怪傑佐羅力之恐怖的妖怪遠足》
登場集數	㊸53

多奇亞

爸爸
多奇亞的老爸

藏起尖嘴巴和盤子的小河童

妖怪學校二年級。河童的孩子，但不喜歡尖嘴巴和盤子，所以用整髮劑和口罩遮住。

「喂！快來幫我把頭髮剪掉哪。」

首次出現	㊸《怪傑佐羅力之恐怖的妖怪遠足》
登場集數	㊸㊿③

菲魯茲

爸爸
狼人

雖然還是小孩，已經可以完全變身為狼人！

妖怪學校一年級。狼人的小孩。跟佐羅力他們一起去遠足時第一次變身為狼人。

「這是我有生以來第一次變身，因為太開心所以撲到佐羅力大師身上。」

首次出現	㊸《怪傑佐羅力之恐怖的妖怪遠足》
登場集數	㊸㊿③

克羅歐

爸爸
打雷爺爺

喝了池中的水，從孩子成長為爺爺!?

打雷爺爺的兒子。為了成為獨當一面的打雷爺，喝下「長歲數池」的水，成了老爺爺。

「我現在可以打出很厲害的雷了喔。」

首次出現	㊸《怪傑佐羅力之恐怖的妖怪遠足》
登場集數	㊸㊿③

Q5 冷笑話猜謎 老鼠拿來騙人的零食是什麼？

重建隊

妖怪大聯盟隊伍之一。球隊成員在認識佐羅力的時候已經連續三年在大聯盟中成績墊底。球隊老闆說：「下次比賽再輸就要解散了。」

野茂長髮

可以投出時速超過兩百公里的球，但控球能力很差，無法投到想投的位置。

首次出現	㉚《怪傑佐羅力之妖怪大聯盟》
登場集數	㉚⑤③

王章魚

獨創出三腳打法，但是上了年紀之後無法同時駕馭這麼多隻腳，漸漸失去戰力。

首次出現	㉚《怪傑佐羅力之妖怪大聯盟》
登場集數	㉚⑤③

脖長鳥

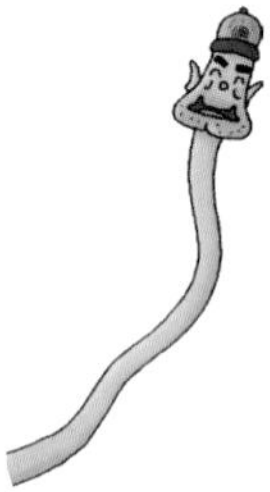

可以發揮脖子長的優勢，看清楚球的去向。但因為手不夠長，所以只能看、接不住球。

首次出現	㉚《怪傑佐羅力之妖怪大聯盟》
登場集數	㉚⑤③

吹雪一郎

優秀的打者，但由於身體虛冷，漸漸無法打擊。

首次出現	㉚《怪傑佐羅力之妖怪大聯盟》
登場集數	㉚⑤③

酷斯松

重建隊的全壘打王。只對全壘打有興趣，完全不打安打。

首次出現	㉚《怪傑佐羅力之妖怪大聯盟》
登場集數	㉚⑤③

棒球相關人員

球隊老闆
毒光
裁判
妖怪夫

登場集數	㉚《怪傑佐羅力之妖怪大聯盟》

出現在妖怪體育報上

波奇·休曼
蛇新庄
冷汗川
神魔神
寂寥人

登場集數	㉚《怪傑佐羅力之妖怪大聯盟》

A5 冷笑話猜謎 薯片（鼠騙）

恐怖隊

聚集了很多一流選手，妖怪大聯盟中的頂尖球隊。後來竟然被重建隊逆轉勝。

海布・斯魯斯

可以投出屁剛速球的投手。

登場集數	30《怪傑佐羅力之妖怪大聯盟》

大戈布

不需要手套，一雙大手就可以接住任何一種球。

登場集數	30《怪傑佐羅力之妖怪大聯盟》

丹帝・強生

跳躍力極強的游擊手。

首次出現	30《怪傑佐羅力之妖怪大聯盟》
登場集數	30 53

布・蓋力克

被魯豬豬丟出的魔球嚇一跳的選手。

登場集數	30《怪傑佐羅力之妖怪大聯盟》

伊巴魯・托德里格斯

可以接住屁剛速球的厲害捕手。

首次出現	30《怪傑佐羅力之妖怪大聯盟》
登場集數	30 53

薩米・象薩

任何球都可以擊出場外全壘打。

登場集數	30《怪傑佐羅力之妖怪大聯盟》

馬克・馬格卡哇伊呀

為什麼這麼可愛呀！

恐怖隊成員。非常疼愛自己的孫子。

首次出現	30《怪傑佐羅力之妖怪大聯盟》
登場集數	30 53

恐怖隊的隊員

恐怖隊還有很多其他成員。以下介紹列在「妖怪大聯盟卡」中的成員。

烏尼・禿丁
布恩
休鞋斯・喬
南卡・克來曼
駭多羅・馬路其・泥斯
恩可・艾倫
度歐・海馬吉歐
挖吉・斯密斯密
道托・魯菇
皮菇

Q6 冷笑話猜謎 小朋友最喜歡的蔬菜是？

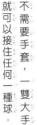

妖怪足球隊

為了跟小學生足球隊比賽，佐羅力組成了一支妖怪足球隊。光靠河童軍團人數還不夠，所以還邀請擋擋牆他們來參加。

嘩啦啦

變裝成花子小姐，在小學裡嚇孩子們。進入佐羅力的足球隊。

登場集數　⑫《怪傑佐羅力之恐怖足球隊》

河童軍團

跟嘩啦啦一起打算嚇孩子們的河童。大家都很擅長頂頭球。

登場集數　⑫《怪傑佐羅力之恐怖足球隊》

※ 也有些河童偷偷出現在第㉓集。

擋擋牆

任何球都擋得住的無敵守門員

佐羅力請來的特別來賓之一。身體很龐大，比賽時擔任守門員。

首次出現　⑫《怪傑佐羅力之恐怖足球隊》

登場集數　⑫㉓㉟㊱(53)

大章魚和尚

來自大海的章魚妖怪

佐羅力請來的特別來賓之一。用很多隻腳包住球，可以安全的運球。

首次出現　⑫《怪傑佐羅力之恐怖足球隊》

登場集數　⑫㉓(53)

光頭海膽妖

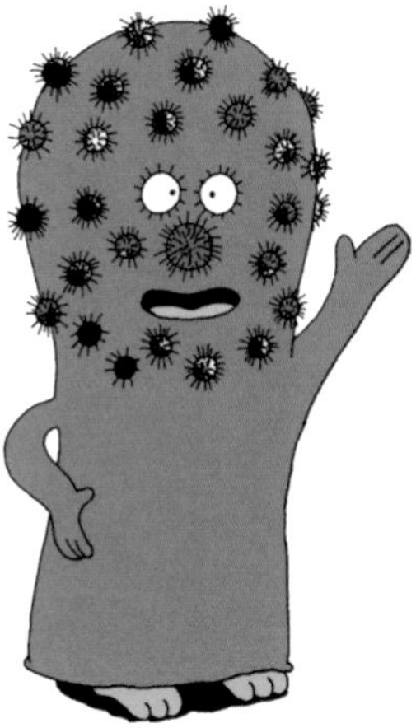

身體長滿了海膽的奇異妖怪

身體上有許多的海膽刺球，可以發射海膽來攻擊對方。現在成了「光頭海妖」。

「被刺到會很痛呵～」

光頭海妖

首次出現	⑥《怪傑佐羅力之邪惡幽靈船》
登場集數	⑥⑮㉓

幽靈電水母

可以在身體裡發電的水母。不知道的人一摸就會麻痺、無法動彈。

首次出現	⑥《怪傑佐羅力之邪惡幽靈船》
登場集數	⑥㉓

大河童

頭上的盤子會像電鋸一樣快速旋轉，把任何東西都鋸成一半。

首次出現	⑥《怪傑佐羅力之邪惡幽靈船》
登場集數	⑥㉓

屍怪們

平常居住在墳墓下方，他們已經有兩百年沒洗澡，非常骯髒。

登場集數	⑥《怪傑佐羅力之邪惡幽靈船》

獨眼小僧

一顆眼睛和一隻腳是他的特徵，跟妖怪學校的老師一起到山裡尋找「大籃子」。

登場集數	⑬《怪傑佐羅力之佐羅力被捕了!!》

Q7 冷笑話猜謎 什麼馬跑不了？

福來弟

用屁拯救了世界的河童少年

個性軟弱，總是優柔寡斷，在女朋友的鼓勵之下，決定幫助佐羅力他們。以放屁高手的身分成功的拯救了世界。

「我不管做什麼事都會失敗，根本發揮不了任何作用。」

登場集數	㉓《怪傑佐羅力之拯救世界末日》

福來弟的女朋友

不斷鼓勵福來弟的溫柔河童女孩

福來弟的女朋友。看到福來弟覺得自己什麼也辦不到而沮喪，一直鼓勵他，也幫助了佐羅力。

「讓我看看你努力做一件事的樣子。」

登場集數	㉓《怪傑佐羅力之拯救世界末日》

會飛的妖怪

這些會飛在半空中的妖怪，吸引了大家的注意，讓佐羅力可以乘機偷錢。

登場集數
㉖《怪傑佐羅力之恐怖嘉年華》

河童們

妖怪的夥伴河童。經常跟其他妖怪一起出現在故事中。

首次出現	㉟《怪傑佐羅力之神祕寶藏大作戰（上）》
登場集數	㉟㊱53

大蛤蟆（家長會長）

不是敵人，其實是家長會會長！

為了鍛鍊妖怪的孩子們而參加了遠足的蛤蟆妖怪，被佐羅力變成蝌蚪。

「我是想嚇嚇孩子們，給他們一些鍛鍊，結果不知不覺中就做出那樣的事。」

首次出現	㊸《怪傑佐羅力之恐怖的妖怪遠足》	登場集數	㊸㊾

多奇亞的爸爸

兒子
多奇亞

看到多奇亞的成長感到很欣慰的善良河童

多奇亞的爸爸，和佐羅力他們一起參加遠足，看到有所成長的多奇亞，感到非常開心。

「這次遠足讓他知道，身為河童是值得驕傲的一件事。」

他覺得河童的碟子和尖尖的嘴巴難看死了，所以一直用飛機頭和口罩遮住。不過，遠足一回來，多奇亞完完全全接受自己河童的身分啦。
他說他發現「當河童也很酷」，或許是這次遠足讓他知道，身為河童是值得驕傲的一件事。真的非常謝謝您。嗚嗚。

登場集數	㊸《怪傑佐羅力之恐怖的妖怪遠足》

Q8 冷笑話猜謎 什麼食物品格很好？

半魚人

參加妖怪運動會的外國妖怪隊成員。「騎馬打仗比賽」中大展身手。

登場集數 ㊿《怪傑佐羅力之妖怪運動大會》

科學怪人

外國妖怪隊成員。「滾蛤蟆球比賽」中表現出精采的團隊合作力量。

登場集數 ㊿《怪傑佐羅力之妖怪運動大會》

雪男

外國妖怪隊成員。體型很龐大，全身長滿了咖啡色的毛。

登場集數 ㊿《怪傑佐羅力之妖怪運動大會》

喪屍1、2

外國妖怪隊成員。喪屍1和喪屍2兩人加入了這支隊伍。

登場集數 ㊿《怪傑佐羅力之妖怪運動大會》

殭屍1・2

外國妖怪隊成員。因為被壓住，所以無法在「吃麵包比賽」中施展跳躍的絕招。

登場集數 ㊿《怪傑佐羅力之妖怪運動大會》

雪女

日本妖怪隊成員。其實是把皮膚塗上白粉的夏洛特老師。

登場集數 ㊿《怪傑佐羅力之妖怪運動大會》

河童

日本妖怪隊成員。不是真正的河童，只是小小把盤子放在頭上。

登場集數 ㊿《怪傑佐羅力之妖怪運動大會》

鼻涕泡泡妖

日本妖怪隊成員。奎雷爾為了參加運動會變裝為妖怪。

登場集數 ㊿《怪傑佐羅力之妖怪運動大會》

廁所六月子

日本妖怪隊成員。看起來跟花子小姐很像，其實是戴了假髮的小尚。

登場集數 53《怪傑佐羅力之妖怪運動大會》

小黃瓜（帥）狐狸

日本妖怪隊的隊長。其實是佐羅力在頭上裝了小黃瓜變身而成。

登場集數 53《怪傑佐羅力之妖怪運動大會》

座敷童子

日本妖怪隊成員。魯豬豬戴上假髮，成為小妖怪座敷童子。

登場集數 53《怪傑佐羅力之妖怪運動大會》

四眼小和尚

日本妖怪隊成員。伊豬豬利用畫上眼珠的乒乓球，扮成四眼小和尚。

登場集數 53《怪傑佐羅力之妖怪運動大會》

蛤蟆會長的親戚

家長會長的親戚。在滾蛤蟆球比賽中變成大球讓選手們推著滾。

登場集數 53《怪傑佐羅力之妖怪運動大會》

運動會工作人員

負責協助參加運動會的選手們。以前曾經當過重建隊的老闆。

登場集數 53《怪傑佐羅力之妖怪運動大會》

※在第㉚集，老闆也曾經出現過。

喀拉喀拉骷髏

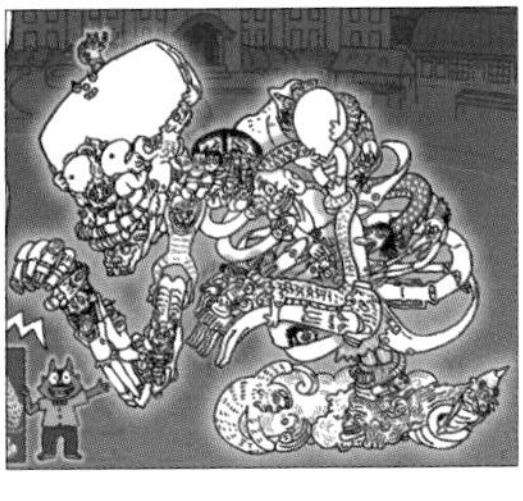

在妖怪運動會的疊羅漢體操上，由許多妖怪一起疊成的「喀拉喀拉骷髏」。

登場集數 53《怪傑佐羅力之妖怪運動大會》

小怪物

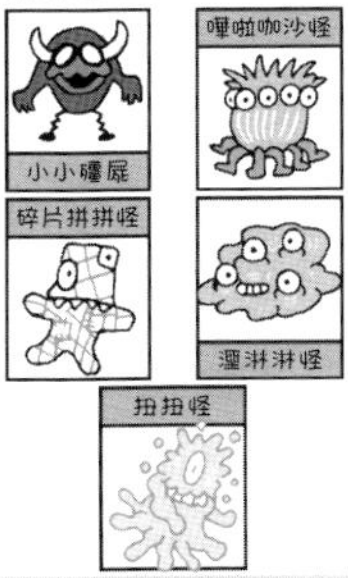

出現在運動會上的小小怪物們。仔細找找會發現有許多怪物呢。

登場集數 53《怪傑佐羅力之妖怪運動大會》

Q9 冷笑話猜謎 羊不吃什麼水果？

佐羅力新聞

第3號

出現許多曾經紅極一時的東西

怪傑佐羅力系列裡出現了很多當時非常受歡迎的東西。在這裡為大家介紹其中一部分。仔細瞧瞧，有沒有各位熟悉的東西呢？

1988年　殭屍熱潮

→中國妖怪殭屍

◀殭屍電影風行一時，掀起一波熱潮！

摘自②《怪傑佐羅力之恐怖的鬼屋》

1993年　J聯盟開幕

→嘩啦啦

▶嘩啦啦是以某位足球選手為藍本所畫的。

摘自⑫《怪傑佐羅力之恐怖足球隊》

1997年
迷你四驅車大受歡迎

→迷你四驅車

◀小小的汽車模型迷你四驅車非常受歡迎！

摘自⑲《怪傑佐羅力之恐怖的賽車》

2001年　拉麵熱潮

→佐羅力拉麵

◀拉麵非常火紅，甚至出現一批活躍的拉麵評論家。

摘自㉗《怪傑佐羅力之強強滾！拉麵大對決》

2016年　在里約舉辦的奧林匹克運動會

→夏季五輪匹克

▶在巴西舉辦了里約熱內盧奧林匹克。2020年則是東京奧運！

摘自55《怪傑佐羅力之好吃的金牌》

2007年
大胃王熱潮

→辣妹狐妞

◀當時曾有比賽大胃王冠軍的節目。

摘自38《怪傑佐羅力吃吧吃吧！成為大胃王》

美麗的女主角們

在這裡為大家介紹佐羅力在旅途中所遇見的許多深具魅力女性。佐羅力可有找到理想新娘子的那一天呢？

艾露莎

非常喜歡亞瑟的貓公主

雷巴納王國的公主。被佐羅力製造的噴火龍擄走，但是最後被亞瑟救出，順利的結婚。

艾露莎的家人

跟亞瑟結婚之後生下了阿爾薩爾和瑪莎這對兒女。

爸爸
國王1

丈夫
亞瑟

兒子
阿爾薩爾

女兒
瑪莎

艾露莎首次出現的場景是？

在①《怪傑佐羅力之打敗噴火龍》中首次出現。全國人民都正在慶祝她跟亞瑟的婚禮，沒想到她卻被突然出現的噴火龍擄走。

艾露莎是什麼樣的角色？

「快點帶我去遊樂園，快帶我去啦。」

因為自小嬌生慣養，所以有點我行我素又任性。很容易被騙，城堡都差點被佐羅力搶走了，她還只顧著開心玩遊樂園的遊樂設施。

登場集數 ①⑥⑧㊻

外星公主

非常喜歡佐羅力的巨大公主

很喜歡冷笑話的外星公主。對佐羅力一見鍾情，為了跟他結婚而來到地球。

「快點準備結婚典禮吧。」

この ほんは このほしに しか うって おりません。

▶外星人的繪本。聽說故事跟《白雪公主》很像。

變裝
柯絲莫公主
丈夫
豚丸
爸爸
外星國王

登場集數 《怪傑佐羅力之神祕宇宙人》

柯絲莫公主

尋找未來王子的清秀公主

正在徵求理想王子的美麗公主。但她的真實身分其實是想跟佐羅力結婚的外星公主。

「來吧，一起回到我的星球，當那裡的王子吧！」

▶小時候的照片。仔細看的話，可以看到……修圖的痕跡！

真實身分
外星公主
丈夫
豚丸
爸爸
外星國王

登場集數 《怪傑佐羅力之變身王子娶嬌妻的方法》

Q1 冷笑話猜謎 什麼動物的名字像植物會游泳？

奈麗

尋找魔杖的未來魔法師

正在魔法學校學習魔法的女孩。她在尋找格隆洛德魔杖時認識了佐羅力他們，一起展開一場大冒險。

奈麗首次出現的場景是？

奈麗首次出現在㉛《怪傑佐羅力和神祕魔法少女》。為了找到格隆洛德魔杖，她坐在飛天掃帚上偷偷溜出魔法學校。掃帚開始失控不聽話，正在煩惱時被佐羅力他們拯救。

奈麗是什麼樣的角色？

「我熱愛和平的心不輸給任何一個人。」

就讀魔法學校二年級。不愛念書，會用的魔法只有長出雙葉草和讓掃帚飛上天空。但是她非常熱愛和平，為了能施展讓大家開心的魔法，她想從壞魔法師的手中搶得「魔杖」。

登場集數 ㉛㉜㉟

米昂公主

爸爸
國王3

嚮往自由世界，遊戲王國裡的公主

偷偷溜出遊戲王國的公主，來到佐羅力所居住的世界。性格天真又有點任性，不過非常可愛。

「好了，現在趕快帶我去約會吧。」

▶長得很漂亮，去美容院剪了一頭短髮。

登場集數 ㉒《怪傑佐羅力之電玩大危機》

艾達

媽媽
王后2
爸爸
波賓王

偷偷跑出城堡的可愛女孩

伊豬豬和魯豬豬在森林裡遇見這位穿著漂亮禮服的女孩。其實她是偷偷從城堡裡跑出來的公主。

「又要被爸爸、媽媽罵了……」

穿著粉紅色的洋裝。
的話，請務必告知消息。
能夠將艾達
順利帶回來的人可獲得
懸賞獎金一百萬元

▶擔心艾達的爸爸波賓王，製作了艾達的尋人海報。

登場集數 54《怪傑佐羅力消失了!?》

Q2 冷笑話猜謎 誰身上有薑的味道？

泰依露

媽媽
泰依露的媽媽
爸爸
葛衣露

跟佐羅力一起大冒險！

探險家葛衣露的女兒。佐羅力幫助了正被老虎追趕的她，一起尋找寶藏。

「比起愛我，爸爸更愛探險。」

首次出現	㉟《怪傑佐羅力之神祕寶藏大作戰（上）》
登場集數	㉟㊱

阿麗伍綠

丈夫
魯庫多
爸爸
馬洛博士

為了孩子們非常努力的溫柔老師

卡帕帕村的小學老師。為了幫助苦於傳染病的孩子們，跟佐羅力他們一起去找製作解藥的材料。

▶跟魯庫多結婚，過得非常幸福。

「我沒辦法眼睜睜看著自己所教的小孩，以及其他更多的小孩受這種痛苦。」

首次出現	㊹《怪傑佐羅力之大、大、大、大冒險（上集）》
登場集數	㊹㊺

蘿絲

某個組織的美麗間諜

想找回祕密顯微膠卷的間諜。佐羅力以為她對自己一見鍾情。

「拜託你，請再繼續假裝成我的男朋友一陣子，好嗎？」

首次出現 ㊾《怪傑佐羅力之神祕間諜與巧克力》

登場集數 ㊾㊿

新娘

在「變身新娘作戰」中變裝的蘿絲

在教堂舉行婚禮的新娘。其實是間諜蘿絲變裝而成的。

登場集數 ㊿《怪傑佐羅力之神祕間諜與100朵玫瑰》

公主（土蛙）

被施了魔法的公主

爸爸
國王2

媽媽
王后1

某個國家的公主，被魔法變成沉睡的土蛙。原本的樣子非常可愛。

登場集數 ⑱《怪傑佐羅力之大戰佐羅力城》

Q3 冷笑話猜謎 什麼河沒有水？

錢多多

被佐羅力他們拯救的可愛富家千金

搭乘私人客機旅行的富家千金。飛機墜落在雪山中，被佐羅力他們救起。

「真對不起，因為我的腳受傷，連累你了。」

▲最喜歡布偶。

首次出現 ⑭《怪傑佐羅力和神祕的飛機》 **登場集數** ⑭⑳㉑㉖

小雪

不小心吃下毒蕈菇，引起一番騷動

佐羅力他們在山裡救了她，為了答謝佐羅力，準備了一桌蕈菇料理，沒想到不小心放進了毒露。

「快到吃午飯的時間了，我想請你們去我家吃我做的蕈菇料理。」

請特別小心和松露長得非常像的毒露！

毒露

這就是有毒的毒露！

▲不小心被一起放進去的「毒露」。

登場集數 ㉕《怪傑佐羅力之命運倒數計時》

辛蒂・克勞豹

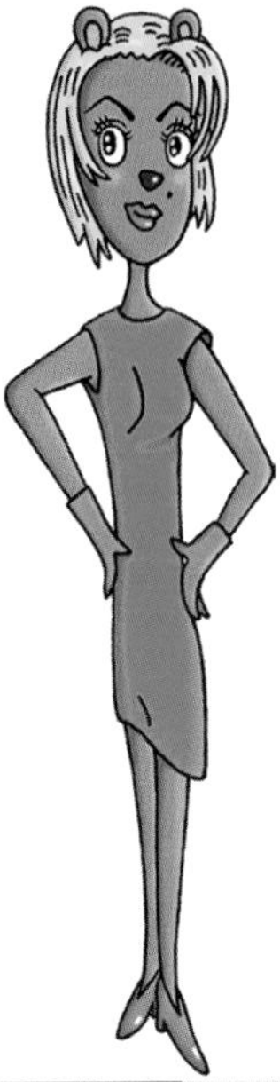

完全符合佐羅力理想的超級名模

世界級的超級名模。佐羅力對她一見鍾情，但是她眼中完全沒有佐羅力。之後跟負責保護她的警官犬拓結婚。

「剛才是怎麼回事？有時就會遇到這種莫名其妙的粉絲。」

首次出現 ⑰《怪傑佐羅力之佐羅力要結婚?!》

登場集數 ⑰㊼

宣子公主

被佐羅力他們救起的海龜女兒

招待來到海底的佐羅力三人。其實正是佐羅力救起的海龜之女。

登場集數 《怪傑佐羅力之海底大探險》

智子公主

在深海中迎接佐羅力的美麗女人

龍宮城的公主。表面上很漂亮，其實真正的身分是深海鮟鱇。

登場集數 《怪傑佐羅力之海底大探險》

Q4 冷笑話猜謎 什麼花說話很大聲？

佐羅力新聞

第4號

謎樣的女主角 佐羅惠&豬豬子到底是誰？

謎樣的美女（？）佐羅惠和豬豬子。其實佐羅惠是佐羅力扮成女裝，豬豬子則是伊豬豬和魯豬豬扮成女裝的樣子。犬拓愛上了佐羅惠，外星公主也稱讚豬豬子長得很美。沒想到她們都各有粉絲呢。

摘自⑰《怪傑佐羅力之佐羅力要結婚？！》

▶被犬拓求婚，準備舉行婚禮的佐羅惠。

豬豬子分裂了!?

某一天傳說中的美女豬豬子竟然分裂成兩半！當然，這只是伊豬豬和魯豬豬解除了變裝，不過他們分裂的模樣還真是嚇人呢。

摘自㊿《怪傑佐羅力之神祕間諜與100朵玫瑰》

◀因為佐羅惠太美而對她一見鍾情的犬拓。

◀▲為了幫助佐羅力，伊豬豬和魯豬豬扮成女裝！豬豬子首次出現在《怪傑佐羅力之猜謎大作戰》。

警察界的人

為了逮住以惡作劇之王為目標的佐羅力，出動了許多警察。讓我們來看看究竟出現過哪些警察吧。

高米斯典獄長

希望把壞角色教育成好孩子

佐羅力被關進監獄時，由他擔任典獄長。希望把佐羅力他們教育成大家都稱讚的好孩子。

「這是個讓你無論如何逃脫不了的監獄。所以我奉勸你，不要有非分之想了。」

▲典獄長心目中「完美的佐羅力」。

首次出現	⑬《怪傑佐羅力之佐羅力被捕了!!》	登場集數	⑬⑰

犬拓的爸爸

期待兒子結婚的爸爸

擔任警察署長。身患重病，希望死前可以看到兒子的婚禮。

「謝謝你願意嫁給我兒子。」

▲很開心看到兒子犬拓跟佐羅惠結婚，不過……

兒子
犬拓

首次出現	⑰《怪傑佐羅力之佐羅力要結婚?!》	登場集數	⑰⑳

吉波里

因為逮捕了佐羅力而升官

曾經成功逮捕過佐羅力的警官。還因為逮捕到怪傑佐羅力這項功績，跟他的搭檔多波魯一起升官。

「老弟，那太好了，這可是大功一件啊！」

不好意思，這輛迷你警車只坐得下兩個人，請你們跟在後面，用跑的吧。
老弟，我們說不定可以因此升官啦。
迷你警車

◀乘坐迷你警車的吉波里和多波魯。

首次出現 ⑬《怪傑佐羅力之佐羅力被捕了!!》

登場集數 ⑬⑭⑰⑳㉑㉘㉞

多波魯

跟搭檔吉波里一起逮捕佐羅力

吉波里的搭檔。曾經逮捕過佐羅力他們而升官。佐羅力他們逃獄之後依然持續不懈的追捕。

「啊，我馬上就感應到這傢伙是怪傑佐羅力。」

多波魯先生
吉波里先生

◀因為逮捕佐羅力，獲得報紙的大篇幅報導。

首次出現 ⑬《怪傑佐羅力之佐羅力被捕了!!》

登場集數 ⑬⑭⑰⑳㉘㉞

Q1 冷笑話猜謎 什麼瓜考試成績不好？

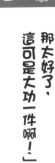

耶誕警察

保護耶誕老公公住家的耶誕警察

專門保護耶誕老公公的警官。按下耶誕老公公家的緊急按鈕，就會有一百位耶誕警察在十分鐘內趕到。

「現在要把你們帶到『耶誕監獄』。」

▶用鬍子編成的大網抓住佐羅力他們。

登場集數 ⑪《怪傑佐羅力之恐怖的禮物》

獄卒

監獄裡的獄卒

在佐羅力他們被關入的監獄裡工作的獄卒。佐羅力他們騙過獄卒，成功逃獄。

「看來你們真的有在好好反省。」

▶發現犯人逃獄，獄卒急忙去向高米斯典獄長報告。

登場集數 ⑬《怪傑佐羅力之佐羅力被捕了!!》

動物警察

追捕佐羅力的警察們

努力追捕壞人的眾多警察。對愛惡作劇的佐羅力他們發出了通緝令，希望能逮捕到他們，捉拿歸案。

動物警察首次出現的場景是？

動物警察首次出現在⑬《怪傑佐羅力被捕了!!》。隸屬於動物警察中的吉波里和多波魯出現在這一集中。

動物警察是什麼樣的角色？

「怪傑佐羅力！我要逮捕你！」

動物警察最重要的工作就是在鎮上巡邏、抓住引發各種案件的人。除了佐羅力他們之外，動物警察也曾經逮捕過國際大盜鼠帝。

▶有時候沒發現變裝之後的佐羅力。

登場集數 ⑬⑭⑰⑳㉑㉔㉘㉞54 55

Q2 冷笑話猜謎 什麼鳥年紀很大？

佐羅力新聞

第5號

佐羅力發明過哪些交通工具？

佐羅力過去發明了許多交通工具，例如車子、船隻、飛機等。每一種交通工具都可以發現佐羅力才能想出的有趣功能，最後總會在意想不到的局面發揮作用。

小飛機

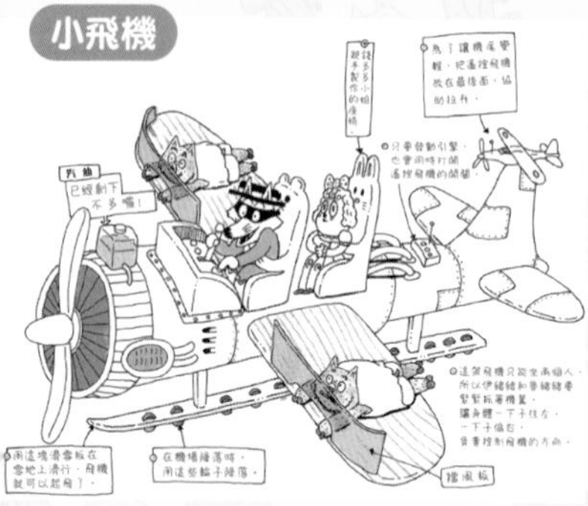

▲收集壞掉飛機的零件做成的。

摘自⑭《怪傑佐羅力和神祕的飛機》

潛水艇

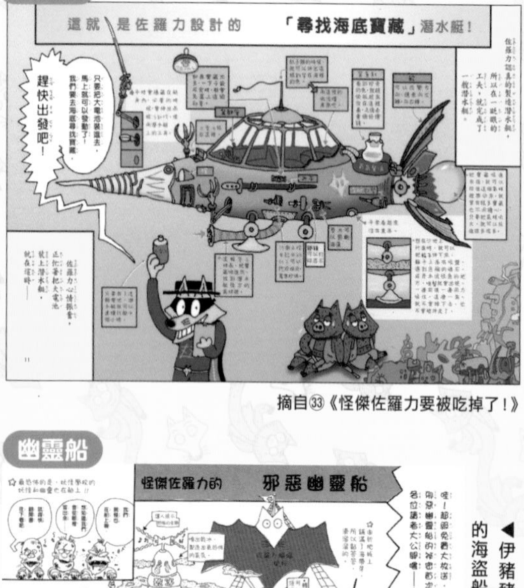
這就是佐羅力設計的「尋找海底寶藏」潛水艇！
趕快出發吧！

▲收集破銅爛鐵製造而成，放進「大電池」就可以啟動。

摘自㉝《怪傑佐羅力要被吃掉了！》

迷你四驅車

迷你四驅車 佐羅力設計車款

▲佐羅力搭著這輛車參加了賽車比賽。

摘自⑲《怪傑佐羅力之恐怖的賽車》

幽靈船

怪傑佐羅力的 邪惡幽靈船

▲伊豬豬和魯豬豬改造了佐羅力的海盜船。

摘自⑥《怪傑佐羅力之邪惡幽靈船》

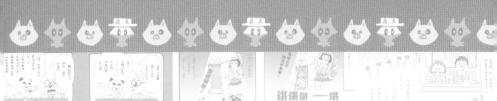

電視臺員工和知名人士

在這裡為大家介紹在電視臺裡工作的員工、播報員，還有長得跟名人很像的角色！

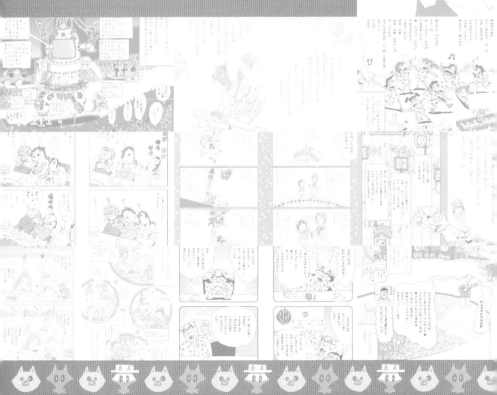

貓島導播

受到佐羅力他們幫助的電視臺導播

叉叉頻道這間電視臺的導播。拜託佐羅力他們重振他的節目「大胃王電視冠軍」，拯救電視臺脫離危機。

貓島導播首次出現的場面是？

貓島導播首次出現在㉙《怪傑佐羅力之地獄旅行》。當時貓島導播發現一顆大章魚燒，正想錄影，佐羅力他們卻把章魚燒吃光光，從章魚燒裡現身。

佐羅力和伊豬豬、魯豬豬咬破了章魚燒，從裡面探出頭來。他們順利離開地獄，回到了人間。

貓島導播是什麼樣的角色？

「請務必提供點子，重振我們岌岌可危的收視率！」

從貓島導播拜託佐羅力幫忙的態度，可以感受到他有多麼走投無路。佐羅力儘管不情不願，最後還是幫了貓島導播的忙。

登場集數 ㉙㊳㊻

播報員

戴眼鏡的兔子播報員。經常出現在意外事件報導或採訪當中。

首次出現 ⑩《怪傑佐羅力之大怪獸入侵》

登場集數 ⑩⑬⑯

怪獸評論家

常出現在電視新聞插播裡的評論家。他預測怪獸將會直接前往佐羅力城。

登場集數 ⑩《怪傑佐羅力之大怪獸入侵》

現場連線記者

電視臺記者。怪獸出現時在現場報導鎮上混亂的情景。

登場集數 ⑩《怪傑佐羅力之大怪獸入侵》

主持人

「大胃王電視冠軍」的主持人。負責裁決每個隊伍是否完成了任務。

登場集數 ㊳《怪傑佐羅力吃吧吃吧！成為大胃王》

新聞播報員

叉叉頻道的新聞播報員。發表了亞瑟和艾露莎在最佳伴侶大賽中贏得冠軍的消息。

登場集數 ㊻《怪傑佐羅力之亂糟糟鬧哄哄電視臺》

叉叉頻道工作人員

接聽佐羅力打來的抱怨電話、以及拜託艾露莎參加戲劇演出的叉叉頻道工作人員。

登場集數 ㊻《怪傑佐羅力之亂糟糟鬧哄哄電視臺》

益智節目工作人員

「UP．上上益智節目」的工作人員。跑來通知和佐羅力說話的貓島導播。

登場集數 ㊻《怪傑佐羅力之亂糟糟鬧哄哄電視臺》

助理導播

告訴貓島導播贊助商想要結束三八劇場「回憶橋」的消息。

登場集數 ㊻《怪傑佐羅力之亂糟糟鬧哄哄電視臺》

Q1 冷笑話猜謎 什麼油火點不燃？

小四&小十

出現在節目三八劇場「回憶橋」中。因為佐羅力而不得不更換主角。

登場集數 ㊻《怪傑佐羅力之亂糟糟鬧哄哄電視臺》

假面騎士&怪人火男

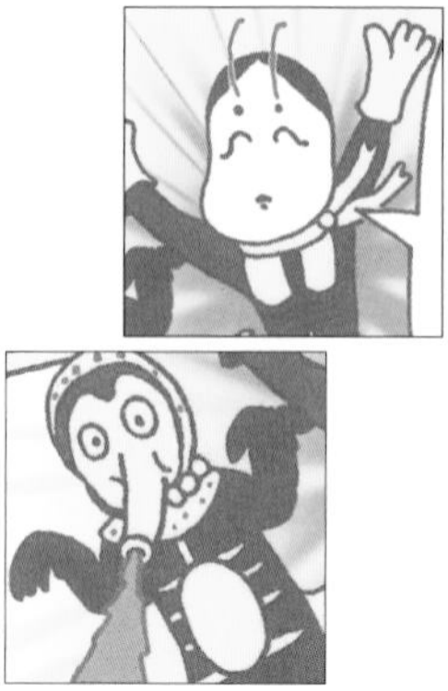

戴著醜女面具的英雄假面騎士，還有會噴火的邪惡怪人火男。

登場集數 ㊻《怪傑佐羅力之亂糟糟鬧哄哄電視臺》

雙面假面騎士

佐羅力想出來的嶄新假面騎士

改變了叉叉頻道的節目「假面騎士」變身鏡頭，以雙面假面騎士身分出場。

「上半身的變身也完成了～」

登場集數 ㊻《怪傑佐羅力之亂糟糟鬧哄哄電視臺》

李奧納多・布里奧

放屁英雄。為了深愛的羅絲，願意幫助佐羅力他們一起拯救地球。

登場集數 ㉓《怪傑佐羅力之拯救世界末日》

羅絲

李奧納多・布里奧的妻子。鼓勵為了守護地球決定幫助佐羅力的

登場集數 ㉓《怪傑佐羅力之拯救世界末日》

哞哞少女組

心地善良的美麗牛姐妹

大家都叫她們「哞少女」，羊羊鎮的美人九姐妹。送飯糰給肚子餓的佐羅力他們當作禮物。

「我們用牛奶代替水煮飯，做成牛奶飯糰販售。」

首次登場	㉖《怪傑佐羅力之恐怖嘉年華》
登場集數	㉖㉗

小啾

幫助羊羊鎮的天才音樂製作人

麻雀音樂製作人。他將自己作詞、作曲的歌提供給哞少女，幫助羊羊鎮贏得勝利。

「可不可以把電子琴借我一下？請你們聽聽我寫的歌。」

登場集數	㉖《怪傑佐羅力之恐怖嘉年華》

BMAP

由五位超俊美熊男所組成的偶像團體 BMAP。（據說將演唱主打歌〈熊的心〉）

由五隻熊組成的偶像團體。幫助龜龜鎮，但是他們的歌聲卻被換成噗嚕嚕的宣傳廣告。

登場集數	㉖《怪傑佐羅力之恐怖嘉年華》

P6

知名度急速上升的六名豬帥哥
——當紅年輕偶像團體「P6」。

六人組的年輕豬偶像。幫助龜龜鎮，將在花車表演時懸吊在半空中演出。

登場集數	㉖《怪傑佐羅力之恐怖嘉年華》

Q2 冷笑話猜謎 什麼魚最有錢？

山羊白郎&黑郎

自稱是魔法師兩位山羊魔法師

堅持自己是魔法師的白山羊跟黑山羊魔法師。山羊黑郎於㉜集出現。

「我現在要變一個非常可怕的魔術。」

首次登場	㉛《怪傑佐羅力和神祕魔法少女》
登場集數	㉛㉜

麥普克

擅長丟撲克牌和黏土魔法

戴著太陽眼鏡、散發著可疑氣氛的貓魔法師。運用撲克牌和黏土湯匙攻擊佐羅力他們。

「我生氣了，我生氣了，我超級生氣！」

登場集數	㉜《怪傑佐羅力和神祕魔法屋》

喵喵公主

身穿華麗衣服的貓魔法師。讓進入箱子裡的伊豬豬消失。

登場集數	㉜《怪傑佐羅力和神祕魔法屋》

大衛・河馬飛

身體很龐大的河馬魔法師。露了一手空中浮遊的技術，不過卻被魯豬豬和奈麗看穿機關。

登場集數	㉜《怪傑佐羅力和神祕魔法屋》

四野文泰

佐羅力參加的益智節目主持人

負責主持《闔家益智節目》的猴子主持人。把佐羅力掙扎之下說出的話誤以為是答案。

「我就是今天的主持人二野、三野、四野文泰。」

登場集數 《怪傑佐羅力之猜謎大王》

佐羅利奇家族

參加益智節目奪冠軍！

代替肯特家族，變裝參加《闔家益智節目》的佐羅力隊。最後順利奪得冠軍。

「假如得了冠軍，可以直接領現金嗎？」

登場集數 《怪傑佐羅力之猜謎大王》

羊書樂家族

參加《闔家益智節目》的山羊家族。再困難的問題都能輕鬆解答。

登場集數 《怪傑佐羅力之猜謎大王》

奇力極大家族

參加《闔家益智節目》的獵豹家族。他們的運動神經很好，最擅長快問快答。

登場集數 《怪傑佐羅力之猜謎大王》

Q3 冷笑話猜謎 什麼樂器很堅硬？

走羅力隊

走羅力
魯豬煮
伊豬煮

戴上面具變裝的佐羅力三人

參加《大胃王電視冠軍》的佐羅力隊。因為被警察通緝，所以除了變裝、也改了名字。

「我們一定要贏得《大胃王電視冠軍》，拿到這些獎品！」

謎樣面具男
走羅力隊
伊豬煮
魯豬煮
走羅力

登場集數 ㊳《怪傑佐羅力吃吧吃吧！成為大胃王》

辣妹狐妞隊

辣妹狐妞
巨無霸白豬
變色龍磨呂

大胃王電視冠軍中爭奪冠軍的隊伍

三人的團隊合作非常有默契，順利打進決賽，跟走羅力隊對戰到最後一刻。

「讓我們一起炒熱《大胃王電視冠軍》這個節目。」

嗚啊
嗚啊
嗚啊
嗚啊

登場集數 ㊳《怪傑佐羅力吃吧吃吧！成為大胃王》

胖子牛塚隊

胖子牛塚
爆炸頭鈴木
愛噢春馬

最喜歡吃東西的愛吃鬼隊

因為嘴巴太小，在第二輪比賽就輸了，敗部復活戰中也輸給了走羅力隊。

「雖然我們拼了命，想要得到那塊板子上面列出來的優勝獎品……」

登場集數 ㊳《怪傑佐羅力吃吧吃吧！成為大胃王》

※胖子牛塚和爆炸頭鈴木在㉗集也偷偷出現過。

米香味噌醬油隊

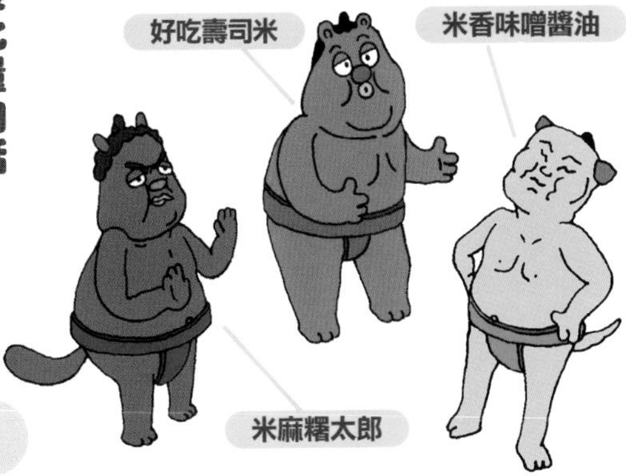
好吃壽司米
米香味噌醬油
米麻糬太郎

要比量的話，吃多少都沒問題

參加《大胃王電視冠軍》的相撲力士隊。吃東西很慢，第一輪比賽就落敗了。

「慢慢吃的話，再多我也都吃得下。」

登場集數 ㊳《怪傑佐羅力吃吧吃吧！成為大胃王》

阿藤犀牛隊

中尾鱷
阿藤犀牛
武士鋼彈虎

資深藝人也來參加大胃王比賽

參加《大胃王電視冠軍》的隊伍。雖然進入了決賽，但是因為偷偷拿掉不愛吃的青椒，被判定不合資格。

「要吞這個？好耶，吞吧吞吧。」

登場集數 ㊳《怪傑佐羅力吃吧吃吧！成為大胃王》

Q4 冷笑話猜謎 放煙火為什麼炸不到星星？

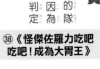

川噗

什麼都想用錢解決，鎮上最有錢的人

參加柯絲莫公主挑選王子活動的鴨子。希望可以獲得沒辦法用錢買到的名門家世。

「當然，我會支付所有的費用。如何？」

登場集數 《怪傑佐羅力之變身王子娶嬌妻的方法》

喬不私

嚴謹認真的青年

開發出「智慧書籍」的狗青年。參加柯絲莫公主挑選王子的活動，但是在第二關考試被淘汰了。

「我還是想要正正當當的比一場。」

登場集數 《怪傑佐羅力之變身王子娶嬌妻的方法》

豹卡

挑選王子活動的主持人

在柯絲莫公主挑選王子活動的第二關考試《豹點》中負責主持的豹。對佐羅力他們出題。

「來，開始吧！第二關考試是『猜謎』。」

登場集數 《怪傑佐羅力之變身王子娶嬌妻的方法》

※也出現在第㊻集封底的「節目表」中。

豚丸

妻子
外星公主
本尊
妻子
柯絲莫公主

擅長玩文字遊戲的表演者

參加柯絲莫公主挑選王子的活動，是一位學富五車的表演者。後來跟柯絲莫公主結婚。

「我也想要跟柯絲莫公主一起，保護這顆星球。」

登場集數 **《怪傑佐羅力之變身王子娶嬌妻的方法》**

※也出現在第㊻集封底的「節目表」中。

菊藏

いやん
ばかん

菊藏拉麵的老闆。參加柯絲莫公主挑選王子的活動，在第二關考試落敗。

登場集數 **《怪傑佐羅力之變身王子娶嬌妻的方法》**

※也以「菊藏」之名出現在第㊻集封底的「節目表」中。

頓田鷹

豹太的鷹助手。負責將座墊送給答對問題的參加者。

登場集數 **《怪傑佐羅力之變身王子娶嬌妻的方法》**

※也出現在第㊻集封底的「節目表」中。

東小錦

川噗參加柯絲莫公主挑選王子活動時帶來的一流策畫人。

登場集數 **《怪傑佐羅力之變身王子娶嬌妻的方法》**

巴卡斯院長

巴卡斯診所的院長。

川噗參加柯絲莫公主的王子甄選時帶他一起來。

登場集數 **《怪傑佐羅力之變身王子娶嬌妻的方法》**

Q5 冷笑話猜謎 最想回家的蔬菜是？

高橋萌喵

在電視上負責解說的前馬拉松選手

前馬拉松貓選手。活用經驗，在動物五輪匹克的電視臺轉播上負責解說馬拉松比賽。

「叫我萌喵吧。請多多指教。」

登場集數　(55)《怪傑佐羅力之好吃的金牌》

安吱紳一郎

負責五輪匹克馬拉松實況轉播的電視播報員，很受觀眾歡迎。

登場集數　(55)《怪傑佐羅力之好吃的金牌》

阿貝巴選手

參加動物五輪匹克的馬拉松選手。快要到達終點時輸給了魯豬豬。

登場集數　(55)《怪傑佐羅力之好吃的金牌》

波托魯選手

百米的世界新紀錄保持人。輕鬆抓到想偷走金牌的佐羅力。

登場集數　(55)《怪傑佐羅力之好吃的金牌》

五輪娃

五輪匹克的吉祥物。相關人員都稱讚「可愛」，但是孩子們卻很怕他。

登場集數　(55)《怪傑佐羅力之好吃的金牌》

鹿加索&長頸子&豹卡爾

被鼠帝欺騙的年輕畫家們

貧窮的三位年輕畫家。被鼠帝欺騙，以「學習繪畫」的名義，畫了許多世界名畫的仿作。

「因為能夠在這裡臨摹名畫，我們才能進步神速，愈畫愈像。」

首次登場	㉞《怪傑佐羅力之偷畫大盜》
登場集數	㉞㊳

電話卡收藏家回頭蛙先生

非常知名的電話卡收藏家

電話卡收藏家。手上有從來沒用過的珍貴「噗噗電話卡」。

「什麼小偷都會夾著尾巴逃之夭夭。」

登場集數	⑯《怪傑佐羅力之忍者大作戰》

拉麵王

專門介紹美味拉麵的男人。他所介紹的拉麵都很好吃，深受大家信賴。

登場集數	㉗《怪傑佐羅力之強強滾！拉麵大對決》

拉麵王（佐羅力）

偽裝成拉麵王的佐羅力。故意讓兩間交惡的拉麵店互相競爭，想乘機奪走他們的店。

登場集數	㉗《怪傑佐羅力之強強滾！拉麵大對決》

Q6 冷笑話猜謎 哪一種花力氣很大？

元祖三平

變成天使以前是說笑話的落語家。在充滿了許多明星的「諧星天堂」中，繼續逗大家開心。

登場集數 ㉘《怪傑佐羅力之天堂與地獄》

巴河馬

變成天使的前音樂家。在「音樂天堂」建議尋找媽媽的佐羅力可以用

登場集數 ㉘《怪傑佐羅力之天堂與地獄》

歌唱天使

「音樂天堂」裡的兩位天使。是不是很像英國知名搖滾樂團的成員？

登場集數 ㉘《怪傑佐羅力之天堂與地獄》

○魔大王

大家盛傳如果閻魔王被革職，很有可能成為閻魔王接班人的人物。

登場集數 ㉙《怪傑佐羅力之地獄旅行》

田中會長＆坂井董事長

出版日文版怪傑佐羅力系列的Poplar公司當時的會長和董事長。

首次出現 ㉚《怪傑佐羅力之妖怪大聯盟》

登場集數 ㉚㉝

小姐們

魯豬豬尋找佐羅力的新娘時曾經問過的四位小姐。

登場集數 ㊼《怪傑佐羅力之美嬌娘與佐羅力城》

※ 躲起來沒被發現的集數，不在此列。

「逍遙遊樂場的」出場人物

佐羅力來到海中遊樂園「逍遙遊樂場」。這裡的表演秀也是一大賣點，許多表演都讓顧客看得非常開心。

登場集數 《怪傑佐羅力之海底大探險》

魚名專家

旋迴海豚兄弟

第三代比目魚天團 D SOUL BROTHERS

香魚天后養成鱗

頭國成頭半麵老闆

蔡一鱗

費玉鯖

海獺合唱團

沈遇鱗

鯉氏兄弟

咕嚕娃娃海獺

鰍鰍鮭和大胃王幸幸

這一群台鯢

鰺原假片隊

中年鯛隊

近畿小鯛

萬壽魚雄民

鰭鮮蔡琴

好笑鮭多肉．三文

大胃王叮叮

Q7 冷笑話猜謎 日本哪個城市很樹很多？

佐羅力新聞

第6號

天才佐羅力發明的超巨大機器

除了交通工具之外，佐羅力還發明了許多東西。其中也有類似聚集許多新發明的機器遊樂園！在這裡為大家介紹其中一部分！

佐羅力遊樂園

▼充滿了許多可怕遊樂設施的遊樂園。全部都是佐羅力所發明的。

摘自⑧《怪傑佐羅力之恐怖遊樂園》

用破銅爛鐵打造的花車

▶為了偷錢而製作的花車。花車上還準備了讓哞少女們跳舞的空間。

摘自㉖《怪傑佐羅力之恐怖嘉年華》

令大怪獸一敗塗地之超級、非常偉大機器

◀為了打敗怪獸而製造的機器，但是卻一轉眼就被踩爛。

摘自⑩《怪傑佐羅力之大怪獸入侵》

各式各樣的發明

介紹佐羅力和噗嚕嚕、曼帝發明的各種機器人或機器。從帥氣的東西到奇怪的東西，各式各樣，應有盡有。

城堡雪人

製造者
曼帝

守護巧克力城的巨大雪人機器人

保護噗嚕嚕巧克力城的機器人。以噴射鼻涕冰柱和冷凍光線攻擊佐羅力他們。

「城堡雪人，給佐羅力他們一點顏色瞧瞧。」

首次出現 ⑦《怪傑佐羅力之勇闖巧克力城》

登場集數 ⑦㉟㊱

終結者機器人Z

高米斯典獄長的祕密兵器

為了解決從監獄逃出的佐羅力，典獄長施展的祕密兵器。可以釋放出能消除油墨的可怕光線。

「佐羅力，現在輪到你消失啦。」

▼佐羅力的鼻子被消掉了。

製造者
曼帝

首次出現 ⑬《怪傑佐羅力之佐羅力被捕了!!》

登場集數 ⑬㉟

巨人大玩偶妖怪

打進空氣就會膨脹的妖怪機器氣球

佐羅力為了嚇小孩而製作的妖怪機器。打進空氣之後就會膨脹成八公尺左右的巨人妖怪呵！

「因為只能容納八個人，所以你不能進去。」

喀啦喀啦喀啦
嗚哇啊啊，有妖怪～～～

製造者
佐羅力

登場集數　⑮《怪傑佐羅力之妖怪大作戰》

噗嚕海

製造者
噗嚕嚕

跟佐羅山展開一場激戰的相撲機器人

噗嚕嚕為了跟佐羅力在機器人相撲大賽中競爭所製作的巨大機器人。在第四回合的比賽中輸給了佐羅山而壞掉。

「嗚呼呼呼，佐羅力，你注定失敗囉！」

咚哐—砰

登場集數　㊽《怪傑佐羅力之機器人大作戰》

Q1 冷笑話猜謎　哪一條路可以睡覺？

佐羅山

佐羅力為了打敗噗嚕嚕所製作的機器力士

「研究過『噗嚕海』的整體設計後，精心改造、製作而成。」

必須跟噗嚕嚕對決的佐羅力，花了一星期的時間製作的機器人。參加了第一回合的紙力士相撲賽，但不幸落敗。

登場集數　㊽《怪傑佐羅力之機器人大作戰》

佐羅山2號機

佐羅力改造後，威力更強大的佐羅山

在佐羅力的改造之下脫胎換骨的佐羅山。參加第二回合的比賽卻輸給噗嚕嚕的機器人。

登場集數　㊽《怪傑佐羅力之機器人大作戰》

佐羅山3號機

為了迎接腕力相撲，再次改造佐羅山

機器人相撲大賽第三回合，針對腕力相撲改造的佐羅山。右手變粗，手也大了一圈。

登場集數　㊽《怪傑佐羅力之機器人大作戰》

佐羅山4號機

為了在屁屁相撲中獲勝而改造的佐羅山

靠伊豬豬和魯豬豬的屁提高攻擊威力的佐羅山。

登場集數 ㊽《怪傑佐羅力之機器人大作戰》

黃金鸚鵡

具備許多功能的鸚鵡型機器人

海盜船長託付給佐羅力的機器鸚鵡。可以錄音、玩遊戲。

登場集數 ④《怪傑佐羅力之海盜尋寶記》

演奏結婚進行曲的機器人樂隊

炒熱婚禮氣氛的機器人樂隊

佐羅力用魔杖力量組成的樂隊。原本預計在佐羅力和新娘的婚禮上演奏。

登場集數 ③《怪傑佐羅力之魔法師的弟子》

牧師機器人

原本預計要見證佐羅力婚禮的機器人

佐羅力用魔杖力量叫出來的機器人。本來會以證婚人的身分見證佐羅力和新娘的婚禮。

登場集數 ③《怪傑佐羅力之魔法師的弟子》

Q2 冷笑話猜謎 什麼動物情人節收不到花？

噴火龍

佐羅力最早的發明

噴火龍和新噴火龍都是佐羅力發明的，但是製造目的卻完全不一樣。

改版更新的
佐羅力新噴火龍

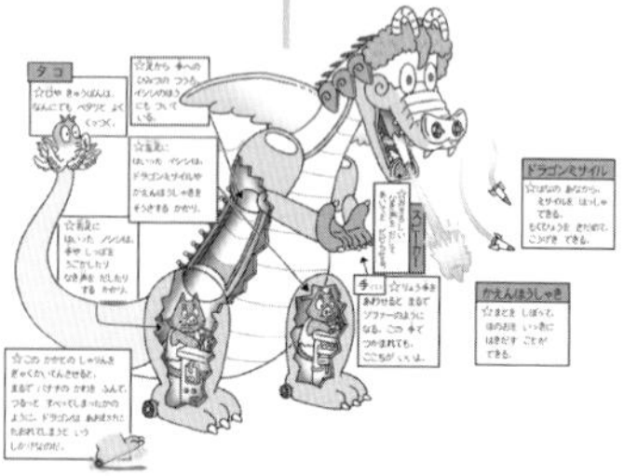

▲《怪傑佐羅力之打敗噴火龍 2》的噴火龍，是佐羅力他們為了讓亞瑟的兒子阿爾薩爾更有自信而打造出來的。

「打敗噴火龍」中的噴火龍是？

①《怪傑佐羅力之打敗噴火龍》中的噴火龍在亞瑟和艾露莎結婚那天擄走了艾露莎。佐羅力打算從那隻噴火龍手中救下艾露莎，藉此讓自己當上王子。

「打敗噴火龍2」中的噴火龍是？

《怪傑佐羅力之打敗噴火龍2》中的噴火龍是為了實現阿爾薩爾想打敗噴火龍、追上爸爸成就的心願，佐羅力製造來刻意被阿爾薩爾打敗的噴火龍。

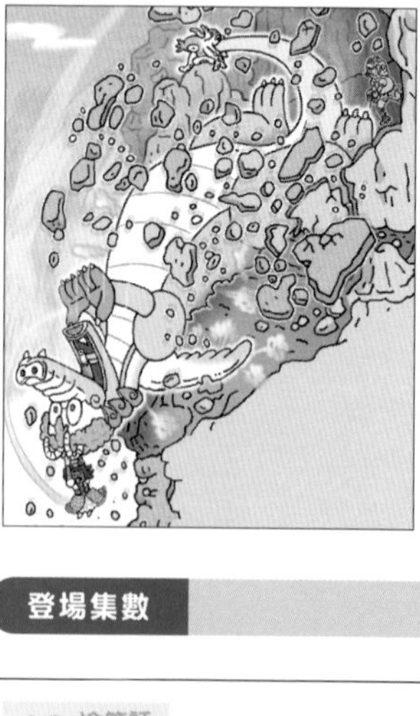

登場集數　①《怪傑佐羅力之打敗噴火龍》

中國妖怪殭屍

佐羅力製造的巨大妖怪機器

佐羅力跟妖怪們合力想盡各種辦法要嚇鎮上的居民，但每個方法最後都失敗了，為了能靠自己一個人的力量來嚇鎮上的居民，他開發了這個機器。

中國妖怪殭屍是什麼樣的角色？

「這可是本大爺 精心製造出來的，中國妖怪——殭屍！」

腳上裝有強力彈簧，一跳可以跳兩百公尺高。額頭上貼的符咒如果撕下來就會打開開關，蹦蹦跳跳把鎮上鬧得雞犬不寧。

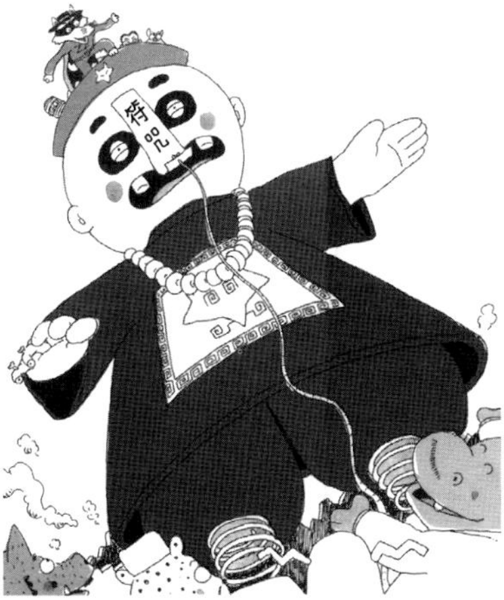

▼比佐羅力他們住的房子還要巨大，啟動的時候連房子都被弄壞了！

▶但是符咒始終撕不下來，頭卻斷掉了，整臺機器人都壞掉了。

登場集數 ②《怪傑佐羅力之恐怖的鬼屋》

Q3 冷笑話猜謎 哪一種動物不管有幾隻牠都會回答一隻？

佐羅力新聞

第7號

把書排在一起圖畫就會合體？

「佐羅力系列」在封面裡也藏著祕密哦。故事如果是上下兩集連續，將封面並排在一起，圖畫就會合體成為一幅畫。

㉛集＋㉜集

▶㉛集中看起來是山的物體，沒想到竟然是黑斗篷魔法師！

㊹集＋㊺集

▶非常適合「大冒險」這個標題，令人覺得緊張刺激的畫。

㊾集＋㊿集

▲橫著排列可以拼出一個大心。非常甜蜜的設計。

51集＋52集

▶把書並排魯豬豬就會合體，變成一張完整的圖畫。還會出現原裕喔。

《怪傑佐羅力之大、大、大、大冒險》竟然有夢幻的中篇！

其實除了上集和下集之外，還有為了電影特典所製作發送的中篇！現在雖然已經無法取得，不過三本書的封面也可以合體呵。

▶㊹集和㊺集中間放進中篇，佐羅力他們的冒險看起來更震撼了！（中篇中文未出版）

各行各業的人

佐羅力他們旅行所到之處，遇到了許多從事不同工作的人。在這裡為大家介紹各行各業的人。

龜老闆

跟鶴老闆互相競爭的龜龜亭老闆

拉麵店「龜龜亭」的老闆。因為湯頭味道不盡理想，要兒子多羽兒外出學習製作湯頭的修練。

▶巧克力拉麵

「像鶴鶴軒那種只開了五年的拉麵店，怎麼有資格和我們相提並論。」

登場集數　㉗《怪傑佐羅力之強強滾！拉麵大對決》

鶴老闆

龜龜亭對面鶴鶴軒的老闆

拉麵店「鶴鶴軒」的老闆。湯頭很好喝，但麵條口感不好。有一個女兒乃子。

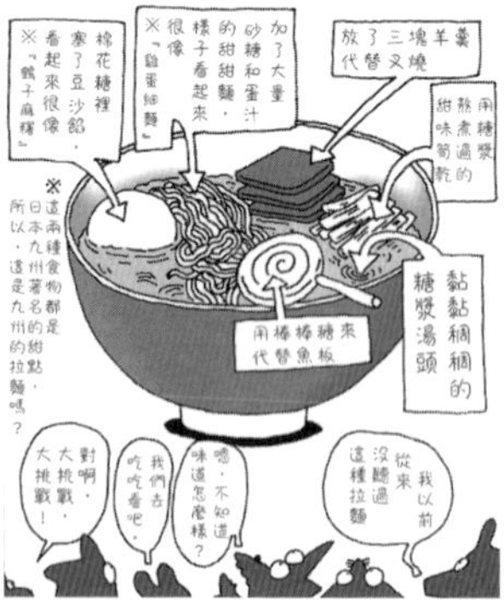

▶砂糖拉麵

「只要能夠贏過龜龜拉麵，我願意做任何事。」

登場集數　㉗《怪傑佐羅力之強強滾！拉麵大對決》

布朗

被佐羅力他們攻擊的關東煮店老闆

整個攤子和關東煮全部都被佐羅力、伊豬豬和魯豬豬搶走。他後來隱居鄉下，種植適合關東煮料理的白蘿蔔和馬鈴薯。

「咦，怎……怎麼這樣，太過分了。」

登場集數　①《怪傑佐羅力之打敗噴火龍》

中華料理店的老闆

擊退變成吸血鬼的佐羅力

小鎮上中華料理店的老闆。被變成吸血鬼的佐羅力盯上，但是靠著大蒜和十字架打敗了佐羅力。

「一般人吃了我們店裡的煎餃，都會變得精神百倍的呀。」

登場集數　②《怪傑佐羅力之恐怖的鬼屋》

泰依露餐廳的廚師

經營一間名叫泰依露的餐廳

在泰依露父親葛衣露拯救的村子裡經營餐廳。餐廳跟菜色都以泰依露命名。

「餐廳名稱和所有料理全都用了泰依露小姐的名字。」

首次出現　㉟《怪傑佐羅力之神祕寶藏大作戰（上）》

登場集數　㉟㊱

Q1 冷笑話猜謎　什麼職業一直坐著？

糖果店老闆

販賣噗嚕嚕冰棒的糖果店老闆

糖果店老闆。佐羅力他們在這間店裡買到可以抽中跑車的噗嚕嚕冰棒。

「這幾個人怎麼買了就直接在店門口吃起來了。」

登場集數　⑲《怪傑佐羅力之恐怖的賽車》

漢堡店店長

佐羅力和伊豬豬去打工的漢堡店的店長。發了一萬五千元的打工費給他們。

登場集數　㉑《怪傑佐羅力之超級有錢人》

家庭餐廳店員

收到佐羅力他們用假鈔消費的餐廳店員。因為鈔票上的油墨模糊，所以沒有受騙。

登場集數　㉑《怪傑佐羅力之超級有錢人》

魚店老闆

被黑斗篷魔法師攻擊的小鎮魚店老闆。可以瞬間把魚剖開。

登場集數　㉛《怪傑佐羅力和神祕魔法少女》

披薩店老闆

跟魚店老闆住在同一個小鎮的披薩店老闆。把麵皮在半空中轉哪

登場集數　㉛《怪傑佐羅力和神祕魔法少女》

蛋糕店老闆

受黑斗篷魔法師折磨的小鎮中的蛋糕店老闆。為了佐羅力他們製作了一個大蛋糕。

登場集數 ㉛《怪傑佐羅力和神祕魔法少女》

服務生

能夠雙手端著許多裝了果汁的玻璃杯而且一滴不漏。

登場集數 ㉛《怪傑佐羅力和神祕魔法少女》

鰻魚飯小店老闆

鰻魚飯小店的老闆。佐羅力他們在店門前流口水，覺得他們妨礙做生意，所以很生氣。

登場集數 ㊳《怪傑佐羅力吃吧吃吧！成為大胃王》

車站便當店的阿姨

重井澤車站的車站便當屋店員。販賣每個月限量三個的夢幻車站便當「幸福寶盒」。

登場集數 ㊷《怪傑佐羅力之恐怖超快列車》

家庭餐廳的店長

燈神工作的家庭餐廳店長。他覺得燈神的身體太大，幫不上忙。

登場集數 ㊿52《怪傑佐羅力之一定要找到燈神！》

主廚

燈神打工的家庭餐廳主廚。對於連買東西等小事都辦不好的燈神感到相當無奈。

登場集數 52《怪傑佐羅力之一定要找到燈神！》

便利商店店長

燈神打工的便利商店店長。因為燈神無法順利結帳，顧客大排長龍，燈神因此被開除。

登場集數 52《怪傑佐羅力之一定要找到燈神！》

速食店店長

雇用了燈神，但是因為燈神免費發送漢堡、薯條、飲料的套餐，所以將他開除。

登場集數 52《怪傑佐羅力之一定要找到燈神！》

Q2 冷笑話猜謎 哪一種魚明明是魚，卻被說不是魚？

糖果店的阿姨

販賣噗嚕嚕巧克力的糖果店。她忘記噗嚕嚕巧克力放在哪裡了。

登場集數 ⑦《怪傑佐羅力之勇闖巧克力城》

DOMISO披薩送貨員

把所有種類的披薩都送來的送貨員。之後雇用了付不出錢的猩丸和猴丸。

登場集數 ⑯《怪傑佐羅力之忍者大作戰》

玩具店老闆

被伊豬豬和魯豬豬偷走遙控飛機的玩具店老闆，向警察報了案。

登場集數 ⑭《怪傑佐羅力和神祕的飛機》

電器用品專賣店店長

大型電器行的店長。被佐羅力騙，讓他們在店裡住了一星期之久。

登場集數 ㊻《怪傑佐羅力之亂糟糟鬧哄哄電視臺》

造幣局警衛

深愛酒和孫子的警衛

在造幣局擔任警衛，名叫「熊田吉造」。最喜歡酒跟孫子，今年六十二歲。

登場集數 ㉑《怪傑佐羅力之超級有錢人》

美術館的警衛們

噗嚕嚕噗嚕美術館的警衛。企圖抓住來偷「萌喵麗莎」的佐羅力他們。

登場集數 ㉞《怪傑佐羅力之偷畫大盜》

咖哩工廠警衛

碰碰倒咖哩工廠的警衛。兩人負責監視通往工廠地下的入口。

登場集數 ㊵《怪傑佐羅力之咖哩VS.超能力》

肌肉發達的警衛

負責保護回頭蛙先生珍貴的電話卡收藏，肌肉十分發達的警衛們。

登場集數 ⑯《怪傑佐羅力之忍者大作戰》

警衛

獅子溫泉旅館的警衛。負責保護旅館的寶藏「黃金獅子」。

登場集數 ㉔《怪傑佐羅力之名偵探登場》

荷馬莉絲夫人的保鑣

負責在夫人行走的路上先鋪好紅地毯、撒上玫瑰花。

登場集數 ㊷《怪傑佐羅力之恐怖超快列車》

哈巴先生的警衛

守護豪宅的警衛們。沒有發現伊豬豬和魯豬豬，讓他們兩人進了門。

登場集數 ㊼《怪傑佐羅力之美嬌娘與佐羅力城》

貿易公司的警衛

監視公司入口的兩位警衛

任職於間諜蘿絲正在調查的貿易公司之警衛。不小心讓佐羅力溜了進去。

登場集數 ㊿《怪傑佐羅力之神祕間諜與100朵玫瑰》

碰碰倒咖哩員工1

碰碰倒工廠的狸貓。沒有發現躲起來的佐羅力他們，說出了祕密就在地底下這件事。

登場集數 ㊵《怪傑佐羅力之咖哩VS.超能力》

碰碰倒咖哩員工2

在碰碰倒工廠工作的狸貓。說出咖哩的製作「就像不用錢似的」。

登場集數 ㊵《怪傑佐羅力之咖哩VS.超能力》

Q3 冷笑話猜謎 什麼食物一過年就長高？

豬面獅身店老闆

把豬面獅身（？）賣給佐羅力

某間商店的老闆。在他的店門前放著酷似豬面獅身的雕刻。

「不，不是這樣的價錢……」

登場集數 ㊼《怪傑佐羅力之美嬌娘與佐羅力城》

里杰拉的爸爸

「無尾熊電器行」的老闆。他希望兒子里杰拉能繼承這間店。

兒子 里杰拉

登場集數 ㊵《怪傑佐羅力之咖哩VS.超能力》

妮拉的爸爸

妮拉的爸爸，擔任消防隊員。同時也是搜救隊的隊員，非常可靠。

女兒 妮拉

登場集數 ㊵《怪傑佐羅力之咖哩VS.超能力》

阿俊的爸爸

從事鎖匠工作。因為工作太忙，沒時間聽兒子阿俊說話。

兒子 阿俊

登場集數 ㊵《怪傑佐羅力之咖哩VS.超能力》

電玩店老闆

電玩店的老闆。想要打壞米昂公主他們逃出來的那臺遊戲機。

登場集數 ㉒《怪傑佐羅力之電玩大危機》

柴逢

弄丟了重要洋裝、正覺得煩惱的裁縫

負責縫製公主洋裝的裁縫師。在送洋裝的路上將洋裝掉落在某個地方。

登場集數 ㊹《怪傑佐羅力消失了!?》

奧茲

參加柯絲莫公主甄選王子的家具店老闆

某間家具店的老闆。跟佐羅力他們一起參加柯絲莫公主挑選王子的評審活動。

登場集數 《怪傑佐羅力之變身王子娶嬌妻的方法》

美容院老闆娘

「漂漂亮亮美容院」的老闆娘。替變成蛇髮女妖的佐羅力燙頭髮。

登場集數 ②《怪傑佐羅力之恐怖的鬼屋》

商店街抽獎處店員

佐羅力抽中了相當於三十萬元高級女裝的抽獎處店員。

登場集數 ㊾《怪傑佐羅力之神祕間諜與巧克力》

花店老闆1

來到蘿絲埋伏公司裡的花店老闆。佐羅力跟著他潛入公司。

登場集數 ㊿《怪傑佐羅力之神祕間諜與100朵玫瑰》

花店老闆2

曾雇用燈神工作的花店老闆。因為燈神擅自作主，讓他被客人罵了。

登場集數 52《怪傑佐羅力之一定要找到燈神！》

Q4 冷笑話猜謎 什麼竹子不用種在土裡？

喵嗚

獅子溫泉旅館老闆

小喵的爸爸。獅子旅館的老闆，替黃金獅子投保了四億元的保險。

「你幹什麼？竟然亂丟我們旅館的寶物。」

登場集數 ㉔《怪傑佐羅力之名偵探登場》

隔壁旅館的老闆娘

獅子溫泉旅館隔壁的旅館老闆娘。建築物非常老舊，只能靠便宜來吸引人。

登場集數 ㉔《怪傑佐羅力之名偵探登場》

救護隊員

來到造幣局的救護隊員。救護車被佐羅力搶走。

登場集數 ㉑《怪傑佐羅力之超級有錢人》

醫生

地獄的醫生。替愚魔王檢查身體，判斷為「合格」。

登場集數 ㉝《怪傑佐羅力要被吃掉了！》

格蘭・第鼠

販賣昂貴繪畫的謎樣人物。把假畫賣給噗嚕嚕。

登場集數 ㉞《怪傑佐羅力之偷畫大盜》

銀行女行員

佐羅力打算搶劫的那間銀行行員。她以為佐羅力只是一般顧客。

登場集數 ㉑《怪傑佐羅力之超級有錢人》

銀行行員

在銀行工作的大叔。叫醒了明明來搶劫、卻不小心睡著的佐羅力他們。

登場集數 ㉑《怪傑佐羅力之超級有錢人》

快遞先生

受瘦身夫人委託運送禮物，後來他將工作讓給佐羅力。

登場集數 ㊴《怪傑佐羅力肥肉滾開！瘦身大作戰》

貨運人員的工頭

來到哈巴先生豪宅的貨運人員，把哈巴先生的雕刻運到美術館。

登場集數 ㊼《怪傑佐羅力之美嬌娘與佐羅力城》

女員工

蘿絲潛入的公司女員工。想要從佐羅力藏身的花瓶中抽走玫瑰。

登場集數 ㊿《怪傑佐羅力之神祕間諜與100朵玫瑰》

上班族

經過的上班族。魯豬豬拜託他摩擦神燈許願。

登場集數 51《怪傑佐羅力之佐羅力變成燈神了！》

Q5 冷笑話猜謎 什麼植物動作很快？

哈巴先生

為了促成展覽成功，想出壞點子

知名雕刻收藏家。為了讓展覽成功，對失竊的「豬面獅身」發出了一百億元的懸賞金。

「這次的騷動都是我設計的。」

登場集數 ㊼《怪傑佐羅力之美嬌娘與佐羅力城》

大耳狐

世界級雕刻收藏家哈巴先生的祕書。幫助哈巴先生執行他的非法計畫。

登場集數 ㊼《怪傑佐羅力之美嬌娘與佐羅力城》

道路施工的猴子領班

從事道路施工工作的猴子領班。雇用佐羅力他們打工。

登場集數 ㉒《怪傑佐羅力之電玩大危機》

探險隊

與汪單博士同行的五位隊員。在遺跡裡被佐羅力他們抓住。

登場集數 《怪傑佐羅力之恐怖尋寶記》

清掃爺爺

在喵嗚所經營的獅子溫泉旅館工作的爺爺。主要工作是負責清掃浴池。

登場集數 ㉔《怪傑佐羅力之名偵探登場》

舞者們

被黑斗篷魔法師攻擊的鎮民。表演精湛的踢踏舞來歡迎佐羅力。

登場集數　㉛《怪傑佐羅力和神祕魔法少女》

美術館售票員

噗嚕嚕噗嚕美術館售票員。對佐羅力他們說明欣賞畫作的規矩。

登場集數　㉞《怪傑佐羅力之偷畫大盜》

發面紙的人

發給佐羅力他們附帶噗嚕嚕噗嚕美術館免費入場券的面紙。

登場集數　㉞《怪傑佐羅力之偷畫大盜》

馬車夫

有篷馬車的馬車夫。搬運的金幣被偷，以為佐羅力他們是小偷。

登場集數　㊶《怪傑佐羅力之伊豬豬、魯豬豬的致命危機》

列車服務人員

佐羅力他們所搭乘的超快列車「閃亮號」的服務人員。也是發現車頂有裂縫的人。

登場集數　㊷《怪傑佐羅力之恐怖超快列車》

駕駛員

超快列車「閃亮號」的駕駛員。駕駛座的煞車被猩丸他們弄壞了。

登場集數　㊷《怪傑佐羅力之恐怖超快列車》

警衛

在蘿絲潛入的公司負責當警衛的壯漢。他抓到蘿絲後親自監視她。

登場集數　㊿《怪傑佐羅力之神祕間諜與100朵玫瑰》

機場工作人員

機場的女工作人員。她們對蘿絲說：「拜託，請快一點！」不斷催促蘿絲快上飛機。

登場集數　㊿《怪傑佐羅力之神祕間諜與100朵玫瑰》

Q6 冷笑話猜謎　什麼甜點很優秀？

佐羅力新聞

第8號

把書排列起來會出現作者原裕？

大家知道嗎？經常出現在書本裡的原裕，其實有時候也會藏在封面裡呵。有些「原裕」光看一本可看不出來，加油找找看吧！

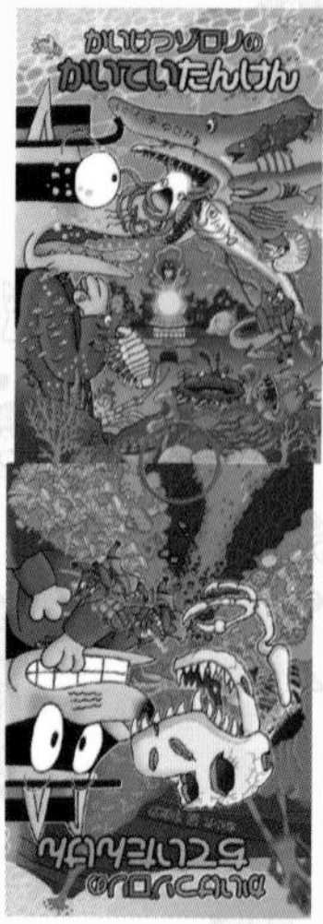

翻開書衣一看……

◀《怪傑佐羅力之海底大探險》和《怪傑佐羅力之地底大探險》組合起來的隱藏畫。書衣上畫的是原京子，不過拿掉書衣後可以發現封面上畫的是原裕。

㊶集＋㊼集＋㊽集＋㊾集和㊿集

●㊶集＋㊼集＋㊽集＋㊾集

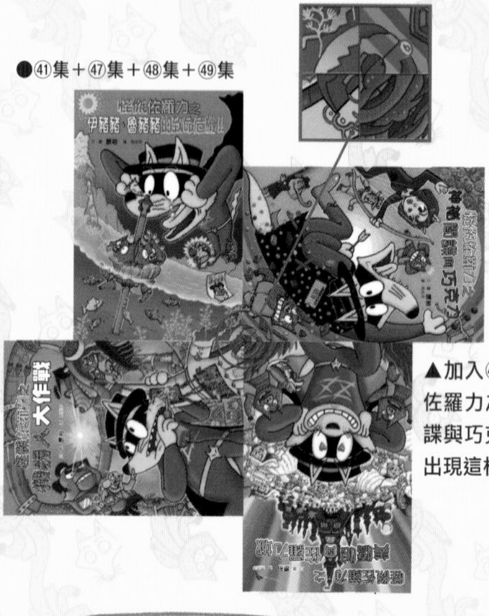

▲加入㊾《怪傑佐羅力之神祕間諜與巧克力》會出現這樣的臉。

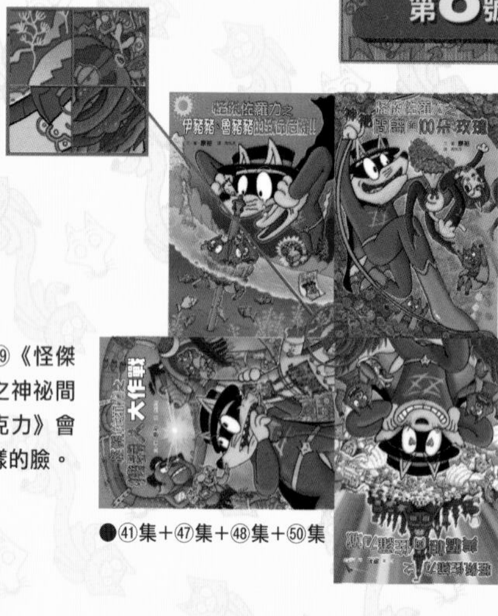

●㊶集＋㊼集＋㊽集＋㊿集

◀加上第㊿集《怪傑佐羅力之神祕間諜與100朵玫瑰》也可以組成一幅隱藏畫。

折起書頁也會出現隱藏畫！

有些隱藏畫要折起書頁才會出現。折起來後會出現的隱藏畫，除了㊳集的第一頁之外還有很多，建議大家先找找畫面中特別奇怪的地方。

折起有這個記號的地方，就可以拼出原裕的臉！

佐羅力旅途中的邂逅

佐羅力他們在旅途中認識了許多家族和小鎮居民、阻礙佐羅力旅途的敵人等等，各式各樣的人。

恐龍媽媽

恐龍家族的溫柔媽媽

住在「歐多島」的恐龍媽媽。收養怪獸、邀請猩猩家族來島上住，她的心地非常善良。

「媽媽會在這裡牢牢的接住你。」

首次出現	⑨《怪傑佐羅力之拯救小恐龍》
登場集數	⑨⑩㊲

恐龍哥哥

佐羅力他們所拯救的小恐龍。怪獸來到島上後他就成了「恐龍哥哥」。

首次出現	⑨《怪傑佐羅力之拯救小恐龍》
登場集數	⑨⑩㊲

恐龍弟弟（怪獸）

絕種的蜥蜴寶寶。在佐羅力他們的幫助下跟恐龍家族一起生活。

首次出現	⑩《怪傑佐羅力之大怪獸入侵》
登場集數	⑩㊲

恐龍寶寶

恐龍家族最小的孩子。從佐羅力他們拚命保護的珍貴恐龍蛋孵化出來。

登場集數	㊲《怪傑佐羅力緊急出動！守護恐龍蛋》

恐龍爸爸

恐龍家族的爸爸。為了在暴風雨中保護恐龍蛋而傷了腰。

登場集數	㊲《怪傑佐羅力緊急出動！守護恐龍蛋》

狐狸家

住在山裡、被佐羅力他們拯救的狐狸一家

在山頂上蓋了房子的狐狸家族。坐在嬰兒車裡的嬰兒遇到危機，多虧了佐羅力他們奮力搶救。

「真的很謝謝您救了我們的孩子。」

登場集數　⑤《怪傑佐羅力之媽媽我愛你》

小雪家

不得了！不小心吃下毒露了！

住在山裡的貓咪家族。媽媽小雪不小心吃了「毒露」，佐羅力他們上路尋找可以解毒的「安達可利亞花」。

「我也是要拿去救我媽媽的性命啊。」

登場集數　㉕《怪傑佐羅力之命運倒數計時》

Q1 冷笑話猜謎　哪一種魚不會游泳？

猩猩家族

住在某座島上的瘦弱猩猩家族

因為沒有食物、餓著肚子，打算搶走佐羅力他們的恐龍蛋。在佐羅力的幫助下搬到「歐多島」等待猩猩爸爸回來。

「這樣，我們就能放心的回去等爸爸回來了。」

▶原來猩猩爸爸的本尊就是猩丸。

登場集數 ㊲《怪傑佐羅力緊急出動！守護恐龍蛋》

肯特家

本來計畫參加益智節目的一家人

擅長益智猜謎的肯特家族，拯救了吃下毒蕈菇的佐羅力他們，於是佐羅力他們代替肯特家參加了益智節目。

「好久沒有看到笑得這麼開心的肯特了。」

登場集數 《怪傑佐羅力之猜謎大王》

巴魯（小時候）

海盜船長的兒子

佐羅力他們在旅途中認識的海盜船長之子。在佐羅力他們幫助下發現了爸爸的寶藏，開了一間玩具車專賣店。

「嗚嗚，是誰害死了我爸爸，我好傷心啊。可惡。」

登場集數　④《怪傑佐羅力之海盜尋寶記》

巴魯（青年）

改造迷你四驅車幫助佐羅力他們

長大之後認真經營玩具店的巴魯。在佐羅力他們跟噗嚕嚕進行迷你四驅車對決時出手相助。

登場集數　⑲《怪傑佐羅力之恐怖的賽車》

獅子海盜船長

被海盜老虎算計身亡

巴魯的爸爸。拜託佐羅力他們將黃金鸚鵡送給巴魯，交代完遺言後氣力殆盡。

登場集數　④《怪傑佐羅力之海盜尋寶記》

Q2 冷笑話猜謎　臺灣哪個湖最胖？

小喵

擅長推理的少年

「獅子溫泉旅館」的繼承人。跟佐羅力他們一起搜查，抓到了偷走「黃金獅子」的鼠帝。

「你真沒禮貌。我是這家旅館主人的兒子小喵，也是這間旅館的繼承人！」

登場集數	㉔《怪傑佐羅力之名偵探登場》

魯庫多

馬洛博士的助手，個性有點軟弱

馬洛博士的助手。他對自己沒有自信，不敢向阿麗伍絲求婚。

首次出現	㊹《怪傑佐羅力之大、大、大、大冒險（上集）》
登場集數	㊹㊺

魯庫多的妹妹

非常怕寂寞的女孩

討厭自己一個人、經常黏著魯庫多。佐羅力他們誤以為她是魯庫多的女朋友。

首次出現	㊹《怪傑佐羅力之大、大、大、大冒險（上集）》
登場集數	㊹㊺

神燈裡的燈神

厭倦自己工作的燈神

住在魔法神燈裡的燈神。為了得到自由，把工作推給佐羅力和伊豬豬，但是因為不習慣人間的生活而吃了很多苦。

「我當了五百三十年的燈神，早就覺得很厭煩了。」

▶燈神就是這樣現身的。

首次出現 ㉛《怪傑佐羅力之佐羅力變成燈神了！》 **登場集數** ㉛㉜

（真正的）噴火龍

腳纏到荊棘、因而受傷的噴火龍

因為弄亂布朗的田地，差點被佐羅力他們打倒的噴火龍。但是佐羅力發現了他腳上纏的荊棘，替他把荊棘拿掉。

登場集數 《怪傑佐羅力之打敗噴火龍2》

Q3 冷笑話猜謎 哪一種屁不臭？

阿爾薩爾

亞瑟的兒子，挑戰噴火龍的勇敢王子

雷巴納王國的王子。為了受到大家的肯定，在佐羅力他們的幫助下勇敢挑戰打倒噴火龍，自信大增。

「無論如何，我都得打敗噴火龍才行。」

妹妹
瑪莎
媽媽
艾露莎
爸爸
亞瑟

登場集數　《怪傑佐羅力之打敗噴火龍2》

瑪莎

溫柔又可愛的雷巴納王國公主

雷巴納王國的公主，阿爾薩爾的妹妹。除了照顧受傷的伊豬豬，還幫忙治療噴火龍，個性善良。

「噴火龍醒來的時候，應該已經不痛了。」

キズぐすり

哥哥
阿爾薩爾
媽媽
艾露莎
爸爸
亞瑟

登場集數　《怪傑佐羅力之打敗噴火龍2》

汪單博士

調查洞穴遺跡的探險隊隊長

率領探險隊，迷糊冒失的博士。調查洞穴遺跡時遇見了佐羅力他們。

「我不小心把我孫子的書包背來了！」

登場集數	《怪傑佐羅力之恐怖尋寶記》

造屁博士

他所開發的地瓜拯救了地球！

研究蔬菜的博士。開發出的地瓜可以放出八倍威力的屁。跟佐羅力他們一起保護了地球。

「我造屁博士特製的地瓜，放屁量可達普通地瓜的八倍。」

登場集數	㉓《怪傑佐羅力之拯救世界末日》

馬洛博士

開發治療「條紋病」特效藥的博士

阿麗伍絲的爸爸。他拜託佐羅力他們與阿麗伍絲一起去尋找藥材，治療折磨孩子們的「條紋病」。

「我也正全心投入治癒這種病的藥物研究。」

首次出現	㊹《怪傑佐羅力之大、大、大、大冒險（上集）》
登場集數	㊹㊺

女兒
阿麗伍絲

Q4 冷笑話猜謎 三國時代誰跑最快？

錢多多的管家爺爺

負責照顧富家千金錢多多的管家爺爺。飛機墜落之後他下落不明。

登場集數	⑭《怪傑佐羅力和神祕的飛機》

貝魯姆

一群受苦於強盜集團人們的老大。他向佐羅力他們說明了受害的事情經過。

首次出現	㉛《怪傑佐羅力和神祕魔法少女》
登場集數	㉛㉜

多羽兒

龜龜亭老闆的兒子。外出學習湯頭作法後回來，跟乃子一起煮出美味的拉麵。

登場集數	㉗《怪傑佐羅力之強強滾！拉麵大對決》

乃子

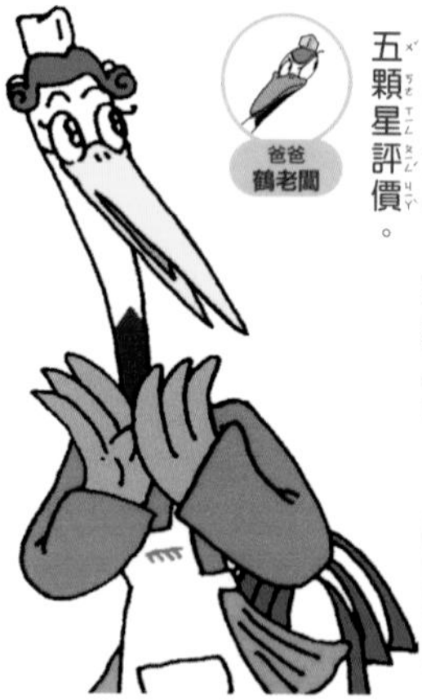

鶴鶴軒老闆的女兒。跟多羽兒一起煮出嶄新的拉麵，贏得了拉麵王的五顆星評價。

登場集數
㉗《怪傑佐羅力之強強滾！拉麵大對決》

葛衣露

泰依露去世的爸爸為了拯救有缺水困擾的村莊，將未完成的工作託付給泰依露。

登場集數
㉟《怪傑佐羅力之神祕寶藏大作戰（上）》

泰依露的媽媽

泰依露的媽媽在泰依露小時候就去世了，因此泰依露被寄養在姑姑家。

登場集數
㉟《怪傑佐羅力之神祕寶藏大作戰（上）》

瘦身夫人

精通減肥知識的有錢夫人

因為體質易胖而非常煩惱的有錢夫人。雖然熟知各種減肥知識，但是卻不見效果。

「就算肯花大把大把鈔票，卻只想著輕鬆瘦身，反而是非常非常困難的唷。」

登場集數 ㊴《怪傑佐羅力肥肉滾開！瘦身大作戰》

窈窕小姐

遺傳了媽媽的易胖體質

瘦身夫人的女兒。母親的心願沒能實現，女兒一樣是易胖體質。

「那條大鯨魚看起來好好吃，我們就請主廚把牠作來吃，好不好？」

登場集數 ㊴《怪傑佐羅力肥肉滾開！瘦身大作戰》

福悟

瘦身夫人的忠實管家

瘦身夫人的管家。委託佐羅力搬運生日禮物。

「差一分鐘就八點了。我的工作也保住啦。」

登場集數 ㊴《怪傑佐羅力肥肉滾開！瘦身大作戰》

Q5 冷笑話猜謎 巧克力參加糖果賽跑為什麼贏？

里杰拉&妮拉&阿俊

三個擁有超能力的孩子

因為爸爸沒有時間陪伴他們而感到寂寞的孩子們。跟佐羅力他們一起潛入咖哩工廠。

「我又跟我爸吵架了。」

登場集數 ㊵《怪傑佐羅力之咖哩VS.超能力》

艾爾馬老先生

幫助佐羅力的老先生

上了年紀的郵差先生。知道佐羅力的狀況後，跟他一起搬運裝金幣的箱子。

登場集數 ㊶《怪傑佐羅力之伊豬豬、魯豬豬的致命危機》

羅吉

反對阿克洛市長的市民代表

對市長感到生氣的市民。他出現時的裝扮很像佐羅力，還搶走佐羅力他們原本想偷的箱子。

登場集數 ㊶《怪傑佐羅力之伊豬豬、魯豬豬的致命危機》

荷馬莉絲夫人

包下整節車廂！超有錢的河馬夫人

搭乘超快列車「閃亮號」的貴婦河馬夫人。她為了感謝伊豬豬幫忙撿珍珠，讓轎車送他們一程。

「本夫人那些非常重要的珍珠還沒撿齊呢。你們動作快點！趕快找。」

登場集數　㊷《怪傑佐羅力之恐怖超快列車》

波爾基

爸爸
這兒村村長

強烈希望兩個村莊的村民可以和好的青年

這兒村村長的兒子。跟小蜜一起照顧的大大樹變成兩個村子爭執的原因，讓他很煩惱。

「如果還有能夠讓兩個村莊關係變好的方法，我想，我會開開心心進入神燈的。」

登場集數　51《怪傑佐羅力之佐羅力變成燈神了！》

小蜜

爸爸
那兒村村長

波爾基的女朋友，被魯巴列欺騙

那兒村村長的女兒。因為兩村交惡，放棄了想跟波爾基結婚的念頭。

「我就知道奇蹟是不會降臨的。波爾基，我們倆不可能結婚了。」

登場集數　51《怪傑佐羅力之佐羅力變成燈神了！》

Q6 冷笑話猜謎　什麼米感覺很高貴？

海龜

女兒
宣子公主

為了報答佐羅力他們的救命之恩，帶他們到逍遙遊樂園去

宣子公主的爸爸。被佐羅力他們救了一命，為了答謝，帶他們到「逍遙遊樂園」。

「你們是我的救命恩人。我想要帶你們去一個地方，表示我的謝意。」

登場集數 《怪傑佐羅力之海底大探險》

深海鮟鱇（智子公主）

智子公主的真實身分是龍宮城的深海鮟鱇。她化身為人避免嚇到住在地上的人。並非故意想要嚇佐羅力他們。

登場集數 《怪傑佐羅力之海底大探險》

雙胞胎姐妹

住在龍宮城的雙胞胎姐妹。很想跟伊豬豬、魯豬豬交朋友。

登場集數 《怪傑佐羅力之海底大探險》

龍宮城的醫生

龍宮城的醫生。準備替佐羅力他們動手術，讓他們可以進行鰓式呼吸。

登場集數 《怪傑佐羅力之海底大探險》

波龍

熟知各種恐龍知識，很有學問的地底人。被村長指派負責幫助佐羅力他們回到地面上。

登場集數 《怪傑佐羅力之地底大探險》

國王1

女兒
艾露莎

被佐羅力假扮的噴火龍擄走的艾露莎公主她爸爸

雷巴納王國的國王。他曾公開表示只要誰能打敗噴火龍，把女兒帶回來，就讓他當王子。

「我最心疼、最寵愛的女兒，被噴火龍抓走了。」

登場集數　①《怪傑佐羅力之打敗噴火龍》

國王2

妻子
王后1

女兒
公主（土蛙）

城堡被壞人搶走的國王

某個國家的國王。他的城堡被殺不死等壞人搶走，因此非常苦惱。

「我們之前就為那座城堡買了保險，所以隨時可以再重建。」

登場集數　⑱《怪傑佐羅力之大戰佐羅力城》

王后1

丈夫
國王2

女兒
公主（土蛙）

拜託佐羅力解除讓女兒變成土蛙的魔法

城堡被搶走，跟國王一起餐風露宿。拜託佐羅力幫助女兒。

「請你親吻我女兒，解除魔法的效力。」

登場集數　⑱《怪傑佐羅力之大戰佐羅力城》

Q7 冷笑話猜謎　忠孝愛義和平少了什麼食物？

外星國王

女兒
外星公主

外星人的國王。大概因為上了年紀，身體比一般外星人小。

登場集數　《怪傑佐羅力之神祕宇宙人》

波斯凱國王

波斯凱
參加冬季五輪匹克運動會通知書

為了宣揚國名，命令丹克選手參加冬季五輪匹克、取得金牌。

登場集數　⑳《怪傑佐羅力之恐怖大跳躍》

波賓王

女兒
艾達
妻子
王后2

艾達的爸爸，某個國家的國王。希望艾達能「嫻靜優雅」，所以總是讓她穿禮服。

登場集數　54《怪傑佐羅力消失了!?》

王后2

女兒
艾達
丈夫
波賓王

艾達的媽媽。發現自己把艾達當成換裝娃娃，深深反省。

登場集數　54《怪傑佐羅力消失了!?》

國王3

女兒
米昂公主

米昂公主的爸爸。責罵公主，讓她發現自己的責任，之後將公主帶回遊戲王國。

登場集數　㉒《怪傑佐羅力之電玩大危機》

小淵總理大臣

某個國家的總理大臣。透過電視告訴國民地球末日即將來臨。

登場集數　㉓《怪傑佐羅力之拯救世界末日》

鎮長

出借華麗豪宅的河馬鎮長

佐羅力一行人跟妖怪們一起造訪的小鎮鎮長。看到孩子們都很開心，鎮長相當歡迎大家的到來。

登場集數 ②《怪傑佐羅力之恐怖的鬼屋》

羊鎮長

羊羊鎮的鎮長。一邊袒護無故遷怒他人的小啾、一邊向佐羅力他們道歉。

登場集數 ㉖《怪傑佐羅力之恐怖嘉年華》

龜鎮長

龜龜鎮的鎮長。為了打造嘉年華用的花車，請噗嚕嚕贊助，但是最後還是輸給佐羅力他們。

登場集數 ㉖《怪傑佐羅力之恐怖嘉年華》

村長

受拯救村子的村長。知道泰依露是葛衣露的女兒後，盛情款待佐羅力他們。

首次出現 ㉟《怪傑佐羅力之神祕寶藏大作戰(上)》

登場集數 ㉟㊱

地底人的村長

看到因為寶盒而衰老蹣跚的巨男，村長非常高興，於是送給佐羅力他們很大的冰柱當禮物。

登場集數 《怪傑佐羅力之地底大探險》

那兒村村長

那兒村村長也是小蜜的爸爸。被企圖搶走大大樹的魯巴列騙得團團轉。

登場集數 (51)《怪傑佐羅力之佐羅力變成燈神了!》

這兒村村長

這兒村的村長。跟兒子波爾基一起潛入魯巴列的帳篷，但是很快就被發現了。

登場集數 (51)《怪傑佐羅力之佐羅力變成燈神了!》

Q8 冷笑話猜謎 為什麼門沒上鎖卻用吃奶的力氣也拉不開？

弗萊徹

小學生足球隊隊長。身材比其他孩子高大一些，負責擔任守門員。

登場集數

⑫《怪傑佐羅力之恐怖足球隊》

安東

小學生足球隊成員之一。跑得很快，別人很難追上他。

登場集數

⑫《怪傑佐羅力之恐怖足球隊》

藍巴斯

小學生足球隊成員之一。他的體力很好，長時間比賽也不會累。

登場集數

⑫《怪傑佐羅力之恐怖足球隊》

拉爾

小學生足球隊成員之一。最擅長準確的傳球給夥伴。

登場集數

⑫《怪傑佐羅力之恐怖足球隊》

力諾斯

小學生足球隊成員之一。活用嬌小的體型，很會穿梭在縫隙中運球。

登場集數

⑫《怪傑佐羅力之恐怖足球隊》

米烏力

小學生足球隊成員之一。揮動翅膀奮力往上飛，可以發揮凌厲的頭球。

登場集數

⑫《怪傑佐羅力之恐怖足球隊》

巴魯斯

小學生足球隊成員之一。擁有優越的跳躍能力，飛得很高的球也能輕鬆踢中。

登場集數 ⑫《怪傑佐羅力之恐怖足球隊》

魯卡

小學生足球隊成員之一。他在學校裡告訴大家關於廁所的花子小姐的傳說。

登場集數 ⑫《怪傑佐羅力之恐怖足球隊》

曼葛

小學生足球隊成員之一。他和卡爾斯、魯卡一起踢出威力強大的「三重踢」。

登場集數 ⑫《怪傑佐羅力之恐怖足球隊》

卡爾斯

小學生足球隊成員之一。體能優異，也擅長倒掛金鉤。

登場集數 ⑫《怪傑佐羅力之恐怖足球隊》

小學老師和學生

因為不相信，所以就算看到妖怪也不覺得是妖怪

小學老師和她的學生，來到佐羅力他們的破房子。看到妖怪們出現也不怎麼害怕。

「是因為自己心裡覺得害怕，所以才會把很多東西看成妖怪。」

登場集數 ⑮《怪傑佐羅力之妖怪大作戰》

Q9 冷笑話猜謎 為什麼狐狸站不起來？

夏洛特

即將廢校的小學美女老師

在妖怪大運動會的會場擔任小學老師。她很擔心唯一的一位一年級學生小小的未來。

登場集數 ㊳《怪傑佐羅力之妖怪運動大會》

小小

非常喜歡妖怪書籍的乖巧一年級生

很喜歡看妖怪書籍的一年級生。個性文靜、不活潑，夏洛特老師很替他擔心。

登場集數 ㊳《怪傑佐羅力之妖怪運動大會》

奎雷爾

喜歡在外面玩的活潑六年級

非常愛在戶外玩耍的六年級少年。很照顧一年級的小小，個性穩重。

登場集數 ㊳《怪傑佐羅力之妖怪運動大會》

小尚

跟奎雷爾一起畢業，最後的六年級生

和奎雷爾一樣是六年級生。也是夏洛特擔任老師的小學裡最後的畢業生。

登場集數 ㊳《怪傑佐羅力之妖怪運動大會》

丹克

在佐羅力他們的幫助下成功贏得了金牌！

波斯凱王國的跳臺滑雪選手。受到佐羅力他們幫助，在五輪匹克中贏得金牌。

「請你教我跳臺滑雪，我也想要滑得像你剛才那樣完美。」

首次出現	⑳《怪傑佐羅力之恐怖大跳躍》
登場集數	⑳㉓(55)

古倫

波斯凱王國的選手。參加單槓項目比賽，在佐羅力幫助下拿到銀牌。

登場集數	(55)《怪傑佐羅力之好吃的金牌》

達利魯

罹患流行性感冒而臥床不起的波斯凱王國馬拉松選手。伊豬豬他們代替他出賽。

登場集數	(55)《怪傑佐羅力之好吃的金牌》

雪車比賽的選手們

五輪匹克中參加雪車比賽選手們。因藏在雪橇裡面的佐羅力他們而創下新紀錄，贏得金牌。

登場集數	⑳《怪傑佐羅力之恐怖大跳躍》

排球隊

佐羅力打算混進這個隊伍拿金牌。

登場集數	(55)《怪傑佐羅力之好吃的金牌》

Q10 冷笑話猜謎 日月潭的中間是什麼？

哭泣的金牌得主

金牌被佐羅力覬覦的選手。因為太過感動而哭了起來，他的眼淚和鼻水擊退了佐羅力。

登場集數　55《怪傑佐羅力之好吃的金牌》

被抱住的金牌得主

雖然金牌差點被穿著五輪娃布偶裝的佐羅力搶走，不小心跌了一跤卻順勢把金牌拿了回來。

登場集數　55《怪傑佐羅力之好吃的金牌》

柔道金牌得主

五輪匹克的柔道金牌得主。把想搶走金牌的佐羅力給摔了出去。

登場集數　55《怪傑佐羅力之好吃的金牌》

水球的金牌得主

五輪匹克水球的金牌得主。被佐羅力搶走金牌後，用力扔出水球擊中想逃走的佐羅力，搶回自己的金牌。

登場集數　55《怪傑佐羅力之好吃的金牌》

冬季五輪匹克的評審

而且，你也沒有登記你是代表哪一個國家參賽的選手，比賽資格，取消——
這不是大會規定的正式滑雪板，犯規！

他們判定佐羅力的大跳躍無效

五輪匹克評審。對於佐羅力創下的紀錄做出判定，認為他不符合資格。

「你沒有穿著大會規定的選手服裝，就跑來比賽，犯規！」

登場集數　20《怪傑佐羅力之恐怖大跳躍》

電視轉播的主播

報導五輪匹克的電視臺主播。他興奮的在電視上報導丹克的賽況。

登場集數　⑳《怪傑佐羅力之恐怖大跳躍》

白田

負責前往五輪匹克中發生問題的馬拉松賽道折返點，直播報導現場狀況。

登場集數　55《怪傑佐羅力之好吃的金牌》

大衛委員

吃壞肚子衝進廁所，把頒獎人的工作託付給佐羅力的頒獎委員。

登場集數　55《怪傑佐羅力之好吃的金牌》

夏季五輪匹克的評審

急忙到廁所找頒獎人，最後拉著代替大衛委員去頒獎的佐羅力趕往會場。

登場集數　55《怪傑佐羅力之好吃的金牌》

騎機車的警官

在五輪匹克的馬拉松競賽中，負責騎車在隊伍最前端引導選手路線的警官。

登場集數　55《怪傑佐羅力之好吃的金牌》

五輪匹克大會的相關人員

認為「長得很可愛」而決定將五輪娃選為動物五輪匹克大會吉祥物的相關人員。

登場集數　55《怪傑佐羅力之好吃的金牌》

Q11 冷笑話猜謎　什麼馬生活在水裡？

海盜老虎的手下

海盜老虎忠實的手下們

從海盜時代起，就一直跟著海盜老虎，一起為非作歹。

「就把這幾個傢伙剁成肉醬，做成漢堡吧。」

首次出現	④《怪傑佐羅力之海盜尋寶記》
登場集數	④⑬㉟㊱

小狸貓

變身為魔法師、愛惡作劇的小狸貓

變身魔法師

變成魔法師的小狸貓。他的魔法全都來自「實現心願的魔杖」的力量。

登場集數	③《怪傑佐羅力之魔法師的弟子》

孟加拉團長

「大恐龍秀」的舉辦人

故意從「歐多島」上搶走小恐龍，想舉辦恐龍秀大賺一筆。

登場集數	⑨《怪傑佐羅力之拯救小恐龍》

黑斗篷魔法師的手下

偵查鎮民的狀況、通知黑斗篷魔法師

監視鎮上居民，並把佐羅力他們要到巢穴的消息通知魔法師。

首次出現	㉛《怪傑佐羅力和神祕魔法少女》
登場集數	㉛㉜

間諜組織的老闆

蘿絲等人隸屬的間諜組織老闆

蘿絲和魯多急他們的老闆，一向只在總部作出指示。讀者也看不到他的長相。

登場集數	㊾《怪傑佐羅力之神祕間諜與巧克力》

變色龍黨的老大

邪惡組織「變色龍黨」的老大

下令抓住蘿絲，想搶回顯微膠卷。

登場集數	㊾《怪傑佐羅力之神祕間諜與巧克力》

里昂

邪惡組織「變色龍黨」的一員

利用保護色和臭氣，想要搶走佐羅力手上那塊裡面有顯微膠卷的巧克力。

登場集數	㊾《怪傑佐羅力之神祕間諜與巧克力》

Q12 冷笑話猜謎 什麼馬有輪子？

魯多急

有點糊塗、還不能獨當一面的間諜

某個組織的間諜。他很想在前輩蘿絲面前表現，卻經常失敗被罵。

首次出現	㊾《怪傑佐羅力之神祕間諜與巧克力》
登場集數	㊾㊿

祕密武器開發部部長艾姆

開發間諜專用的好用道具

在某個組織負責開發祕密武器。每個月根據特別主題，製造奇怪的道具。

首次出現	㊾《怪傑佐羅力之神祕間諜與巧克力》
登場集數	㊾㊿

魯巴列

欺騙村長，想偷走大大樹

跟波魯聯手想要偷走珍貴大大樹的壞人。假裝成學者，欺騙那兒村的村長。

登場集數	(51)《怪傑佐羅力之佐羅力變成燈神了！》

波魯

魯巴列的手下

幫助魯巴列實行偷走大大樹的計畫。在帳篷和地下準備機關。

登場集數	(51)《怪傑佐羅力之佐羅力變成燈神了！》

鼠帝的同夥

戴著太陽眼鏡的鼠帝同夥

為了從地底下拉起「大冰柱」而聚集的鼠帝同夥。

登場集數 《怪傑佐羅力之地底大探險》

愛嚇人社長

利用減肥商品來欺騙消費者的騙子

販賣玻璃壺、假的減肥法，想從佐羅力他們身上騙錢。

登場集數 ㊴《怪傑佐羅力肥肉滾開！瘦身大作戰》

碰碰倒董事長

想用泥漿咖哩大賺一筆的碰碰倒咖哩董事長。

碰碰倒董事長打算利用能將泥漿變成咖哩的「騙術機」來發大財。

登場集數 ㊵《怪傑佐羅力之咖哩VS.超能力》

Q13 冷笑話猜謎 哪一種微生物最愛媽媽？

克內哈董事長

跟市長聯手賺了很多錢的建設公司董事長

阿克洛市長的親戚。一手包下市區的所有工程，賺了很多錢。

登場集數 ㊶《怪傑佐羅力之伊豬豬、魯豬豬的致命危機》

阿克洛市長

利用職權中飽私囊的壞人

計畫蓋一棟無謂的建築，然後把工程包給自己的親戚克內哈董事長，想從中賺一筆大錢。

登場集數 ㊶《怪傑佐羅力之伊豬豬、魯豬豬的致命危機》

董事長

偷竊國家祕密希望跟外國交易

某間貿易公司的董事長。混進親戚的結婚典禮中，打算把國家機密賣給外國。

登場集數 ㊿《怪傑佐羅力之神祕間諜與100朵玫瑰》

經理

想把佐羅力他們關起來的貿易公司經理

某間貿易公司的經理。在董事長的命令之下，把正在尋找蘿絲的佐羅力他們關在房間裡。

登場集數 ㊿《怪傑佐羅力之神祕間諜與100朵玫瑰》

地獄的鬼

站在地獄門前監視負責地獄說明的鬼

佐羅力他們到地獄遇到的鬼。每個地獄都有專門負責的鬼。

地獄的鬼首次出現的場景是？

地獄的鬼首次出現在㉘《怪傑佐羅力之天堂與地獄》。負責管理除了相關人員之外不得開啓的門。還會對讀者發出提醒。

地獄的鬼是什麼樣的角色？

「好，各位，歡迎來到地獄！」

閻魔王的部下，對於來到地獄的死者說明地獄的狀況，負責監視亡者。地獄分成很多不同種類，如果順利克服從中選出的七種地獄，就可以返回人間呵。

登場集數　㉘㉙

Q14 冷笑話猜謎　哪一種礦物的媽媽住在天上？

大叔鬼1

「冷笑話地獄」的鬼。被佐羅力抱著，用冷笑話讓「火焰地獄」的火凍結。

首次出現	㉙《怪傑佐羅力之地獄旅行》
登場集數	㉙㉝

大叔鬼2

「冷笑話地獄」的鬼。長得很像某位拳擊手。

首次出現	㉙《怪傑佐羅力之地獄旅行》
登場集數	㉙㉝

大叔鬼3

「冷笑話地獄」的鬼。用超冷的冷笑話凍結了伊豬豬和魯豬豬。

首次出現	㉙《怪傑佐羅力之地獄旅行》
登場集數	㉙㉝

大叔鬼4

跟其他的鬼一起擔任「冷笑話護士」，也擔任身體檢查的助手。

首次出現	㉙《怪傑佐羅力之地獄旅行》
登場集數	㉙㉝

大叔鬼5

「冷笑話地獄」中的大叔鬼。只有他沒出現在第㉝集中。

登場集數	㉙《怪傑佐羅力之地獄旅行》

熊貓哲郎

克服七個地獄考驗的男人。生還後與大家分享「死後的世界」。

登場集數	㉙《怪傑佐羅力之地獄旅行》

老爺爺天使

佐羅力他們在天堂認識的老爺爺。幫佐羅力他們針灸，還送他們針灸穴道書。

登場集數 ㉘《怪傑佐羅力之天堂與地獄》

老婆婆天使

「甜點天堂」的老婆婆。送給佐羅力他們可以一直嚼還是一樣甜的口香糖。

登場集數 ㉘《怪傑佐羅力之天堂與地獄》

玩具天使

待在有各式各樣玩具的「玩具天堂」的天使。

登場集數 ㉘《怪傑佐羅力之天堂與地獄》

魚天使

身在「魚天堂」的天使。這裡跟其他天堂不一樣，大家都長成魚的樣子。

登場集數 ㉘《怪傑佐羅力之天堂與地獄》

時尚天使

在「時尚天堂」穿著許多不同款式衣服的天使們。他們不認識佐羅力的媽媽。

登場集數 ㉘《怪傑佐羅力之天堂與地獄》

媽媽排球隊的天使

佐羅力媽媽擔任隊長的媽媽排球隊隊友。在大賽中獲得優勝。

登場集數 ㉘《怪傑佐羅力之天堂與地獄》

鄰居阿姨天使

佐羅力媽媽在天堂的鄰居

住在天堂，佐羅力媽媽的鄰居。她告訴佐羅力他的媽媽在哪裡。

登場集數 ㉘《怪傑佐羅力之天堂與地獄》

Q15 冷笑話猜謎 超人為什麼穿緊身衣？

侍從

守護雷巴納王國

亞瑟和艾露莎的僕從。平常住在城堡，當噴火龍出現時就會出動。

登場集數　①《怪傑佐羅力之打敗噴火龍》

中華料理店的客人

變成吸血鬼後的佐羅力原本打算攻擊的客人。所幸因為吃了煎餃，沒有被佐羅力咬。

登場集數　②《怪傑佐羅力之恐怖的鬼屋》

褲貓熊

被施了魔法，跟褲子結合為一的貓熊。被路過的佐羅力他們所救、恢復原狀。

登場集數　③《怪傑佐羅力之魔法師的弟子》

箱河馬

被魔法師施法與箱子合體的河馬。跟其他動物比起來，外表上看起來沒那麼奇怪。

登場集數　③《怪傑佐羅力之魔法師的弟子》

傘蝙蝠

被迫跟雨傘合體的蝙蝠。也可以將這把傘稱為蝙蝠傘。

登場集數　③《怪傑佐羅力之魔法師的弟子》

鼠蚯蚓

因為魔法師的惡作劇，而跟蚯蚓合體的老鼠。

登場集數　③《怪傑佐羅力之魔法師的弟子》

鞋松鼠

魔法師將拖鞋和松鼠合體。

登場集數　③《怪傑佐羅力之魔法師的弟子》

漂亮的公主

佐羅力擅自使用「魔杖」隨便叫出來的狐狸公主。

登場集數　③《怪傑佐羅力之魔法師的弟子》

老頭子猩猩

拿回「魔杖」的魔法師，對漂亮的公主施魔法，把她變成這樣。

登場集數　③《怪傑佐羅力之魔法師的弟子》

外星人

打算侵略地球的外星人。被佐羅力他們的臭屁嚇跑，決定放棄侵略的計畫。

首次出現　《怪傑佐羅力之神祕宇宙人》

登場集數　㉓

耶誕老公公

住在佐羅力他們發現的耶誕老公公家中。佐羅力他們害得耶誕老公公吃盡了苦頭。

登場集數　⑪《怪傑佐羅力之恐怖的禮物》

豬女孩

在「拍出來的照片比本人漂亮十倍的立可拍」中拍了照片的女孩。

登場集數　⑪《怪傑佐羅力之恐怖的禮物》

外星樂團

外星公主準備安排在結婚典禮上演奏的樂團。

登場集數　《怪傑佐羅力之猜謎大作戰》

巫嘉魯斯

電玩《口呆寶貝拯救米昂公主！》中，擄走米昂公主的最後魔王。

登場集數　㉒《怪傑佐羅力之電玩大危機》

電玩中的怪獸

電玩中的怪獸們。為了找回米昂公主而出現。

登場集數　㉒《怪傑佐羅力之電玩大危機》

Q16 冷笑話猜謎　透明的劍是什麼劍？

溫泉旅館客人河馬

來到「獅子溫泉旅館」的河馬。想隱瞞自己在溫泉裡洗衣服的事實。

登場集數 ㉔《怪傑佐羅力之名偵探登場》

溫泉旅館客人胖豬

「獅子溫泉旅館」的客人。想偷偷煮溫泉蛋。

登場集數 ㉔《怪傑佐羅力之名偵探登場》

忠實讀者

出現在猜謎單元中的讀者。猜測佐羅力他們的下一步行動。

登場集數 ㉕《怪傑佐羅力之命運倒數計時》

小鎮居民

羊羊鎮的居民。知道龜龜鎮有當紅偶像助陣後，放棄了競爭。

登場集數 ㉖《怪傑佐羅力之恐怖嘉年華》

親切的大叔

告訴想吃拉麵的佐羅力他們鶴鶴軒和龜龜亭位置的大叔。

登場集數 ㉗《怪傑佐羅力之強強滾！拉麵大對決》

熱心教育的媽媽們

對佐羅力不以為然的媽媽們

本來應該暢談佐羅力的魅力，卻因為大家不停的提出各種否定意見，最後會議只好解散。

登場集數 ㉘《怪傑佐羅力之天堂與地獄》

拉麵店的客人們

鶴鶴軒和龜龜亭的客人們。吃了佐羅力想出來的拉麵，全嘗到苦頭。

登場集數 ㉗《怪傑佐羅力之強強滾！拉麵大對決》

拿攝影機的人

跟貓島一起發現了巨大章魚燒。跑回去拿攝影機，但最後沒拍攝到。

登場集數 ㉙《怪傑佐羅力之地獄旅行》

佐羅力信者衛門

被關在監獄的凶惡犯人。當佐羅力他們回到地上後，被叫進地獄。

登場集數 ㉙《怪傑佐羅力之地獄旅行》

兔子大叔

帶佐羅力他們到藏身之處的兔子。他深信村人們都被魔法變成了木偶。

登場集數 ㉛《怪傑佐羅力和神祕魔法少女》

電視臺員工

帶餓著肚子的佐羅力他們到電視臺，給他們吃鰻魚飯。

登場集數 ㊳《怪傑佐羅力吃吧吃吧！成為大胃王》

市民1

聚集在羅吉身邊的市民之一。告訴佐羅力「不需要四座環保會館」。

登場集數 ㊶《怪傑佐羅力之伊豬豬、魯豬豬的致命危機》

市民2

贊成羅吉主張的市民，認為建設環保會館本身就是一件不環保的事。

登場集數 ㊶《怪傑佐羅力之伊豬豬、魯豬豬的致命危機》

市民3

對阿克洛市長的政策感到憤怒的市民之一。他告訴佐羅力市民真正的期望。

登場集數 ㊶《怪傑佐羅力之伊豬豬、魯豬豬的致命危機》

七個小矮人

跟白霧公主一起生活的小矮人。等待叫醒公主的王子來臨。

登場集數 ㊸《怪傑佐羅力之恐怖的妖怪遠足》

Q17 冷笑話猜謎 什麼字人人都唸錯？

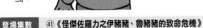

白霧公主

跟七個小矮人一起住在森林裡的公主。吃了巫婆的毒泡菜後陷入沉睡。

登場集數 ㊸《怪傑佐羅力之恐怖的妖怪遠足》

巫婆

讓白霧公主沉睡的巫婆。嫉妒公主的美貌，讓她吃下毒泡菜。

登場集數 ㊸《怪傑佐羅力之恐怖的妖怪遠足》

客訴者大軍

來到電視臺的客訴者。參加佐羅力想出的《誰是客訴王》節目演出。

登場集數 ㊻《怪傑佐羅力之亂糟糟鬧哄哄電視臺》

鎮上的女人們

魯豬豬上街詢問大家要不要當佐羅力的新娘。

登場集數 ㊼《怪傑佐羅力之美嬌娘與佐羅力城》

豬面獅身男們

持有「豬面獅身」的男人們

出現在哈巴先生家的男人們。每個人都堅持自己手上的豬面獅身才是真品，但其實都是假貨。

登場集數 ㊼《怪傑佐羅力之美嬌娘與佐羅力城》

新娘們

佐羅力的新娘候選人。看了魯豬豬畫的海報，聚集而來。她們在哈巴先生家門前集合。

登場集數 ㊼《怪傑佐羅力之美嬌娘與佐羅力城》

相撲的裁判

「噗嚕嚕節目秀」主要活動「機器人相撲大賽」的主持人兼裁判。負責判斷雙方的勝負。

登場集數 ㊽《怪傑佐羅力之機器人大作戰》

便利商店客人1

在便利商店買鮭魚便當的客人。為了便當要不要加熱跟燈神起了爭執。

登場集數
52《怪傑佐羅力之一定要找到燈神！》

便利商店客人2

便利商店的客人。看到燈神的肖像畫後，表示燈神曾在漢堡店工作。

登場集數
52《怪傑佐羅力之一定要找到燈神！》

花店的客人

從燈神手中買了花束的客人。因為燈神做了多餘的事，讓他被女友甩了。

登場集數
52《怪傑佐羅力之一定要找到燈神！》

被求婚的女人

花店客人的女友。誤會男友拜託燈神代為求婚。

登場集數
52《怪傑佐羅力之一定要找到燈神！》

扒手

從伊豬豬手中搶走黃金神燈的扒手。多虧了佐羅力腦筋動得快，讓伊豬豬跟著線索找到他。

登場集數
52《怪傑佐羅力之一定要找到燈神！》

綁架犯

用繩子綁住艾達的男人。他看了波賓王的海報，抓住了艾達，他的行動卻被魯豬豬妨礙。

登場集數
54《怪傑佐羅力消失了!?》

巨男

佐羅力他們在地底人的村子裡遇見的壯漢。因為打開寶盒而變老。

登場集數
《怪傑佐羅力之地底大探險》

奶媽

負責照顧阿爾薩爾和瑪莎。從佐羅力手中接過信、寄送給亞瑟。

登場集數
《怪傑佐羅力之打敗噴火龍2》

Q18 冷笑話猜謎 什麼船不在水上走？

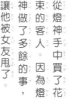

小海豹

阿克洛市長下令建設的「環保會館」吉祥物。因為長得很詭異，孩子們都很害怕。

登場集數 ㊶《怪傑佐羅力之伊豬豬、魯豬豬的致命危機》

小兔子

出現在㊻集摺口四格漫畫中的女孩。

登場集數 ㊻《怪傑佐羅力之亂糟糟鬧哄哄電視臺》

節目演出人員

介紹部分參加叉叉頻道節目的演出人員。

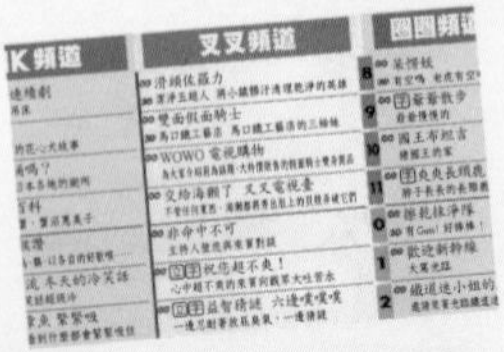

登場集數 ㊻《怪傑佐羅力之亂糟糟鬧哄哄電視臺》

馬警探

汪飯桶

蟹殼吃到飽店員

烏爾夫

海獺

壁虎

菊藏

圓樂田

鐵道迷小姐

參加歌唱比賽的動物

新幹線的主持人

WOWO電視購物主持人

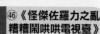

吉祥物

為了打響這兒那兒村的知名度，產生了許多的吉祥物。這些都是要參加祭典吉祥物創意大賽的候選角色。

登場集數 51《怪傑佐羅力之佐羅力變成燈神了！》

多甜A夢

好吃馬

大大好吃——

澡堂君

真愛買大嬸

努史比

酷先生

五輪匹克吉祥物（落選者）

沒有贏得五輪匹克吉祥物競賽的角色。

登場集數 55《怪傑佐羅力之好吃的金牌》

五耳鼠

5嘴貓

唬人衛門

大大好吃——

 什麼數字最聽話？

大蟒蛇

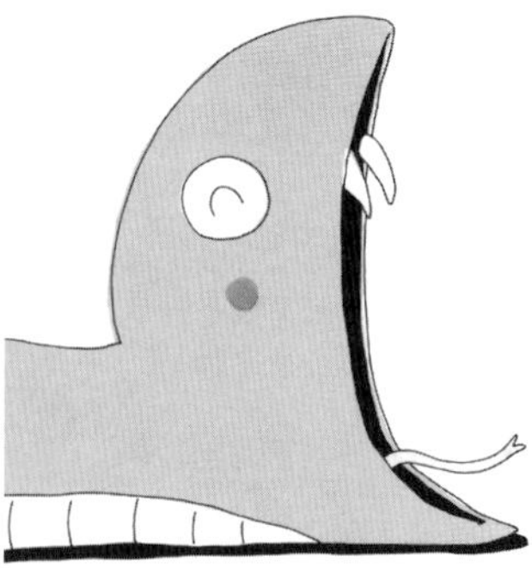

想要吃掉佐羅力他們卻吃盡苦頭的大蛇

住在亞瑟國家的大蛇。想要吃掉亞瑟和佐羅力他們，卻因此有了慘痛的經驗。

登場集數 ①《怪傑佐羅力之打敗噴火龍》

蟑螂

住在魔法師城堡的蟑螂。看到被魔杖變小的佐羅力，誤以為是自己的夥伴。

登場集數 ③《怪傑佐羅力之魔法師的弟子》

食人花

長在魔法師城堡懸崖上的植物。想要吃掉從懸崖上掉下來的佐羅力他們。

登場集數 ③《怪傑佐羅力之魔法師的弟子》

肚子餓扁的鯊魚

肚子餓扁的鯊魚。繞行在巴魯的海盜船周圍，想吃掉掉下來的佐羅力他們。

登場集數 ④《怪傑佐羅力之海盜尋寶記》

鯨魚1

打呵欠時吞下佐羅力的鯨魚。被魔杖變成海盜船，後來又變成幽靈船。

首次出現 ④《怪傑佐羅力之海盜尋寶記》

登場集數 ④⑥

鱷魚1

在「佐羅力遊樂園」的「鱷魚池」裡的大鱷魚。只要接近身邊都會被他吃掉。

登場集數 ⑧《怪傑佐羅力之恐怖遊樂園》

大老鷹

大到能讓人坐在身上。多虧了伊豬豬讓他找回蛋，為了答謝，決定幫助佐羅力他們。

登場集數 ⑤《怪傑佐羅力之媽媽我愛你》

古幾路貝脊

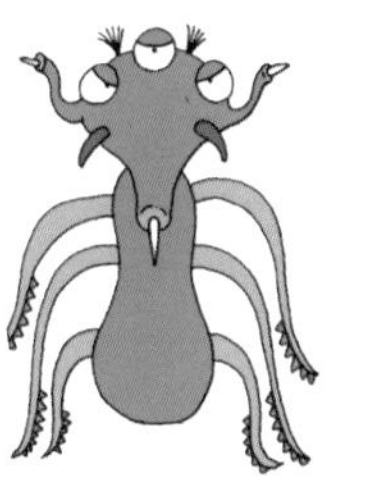

佐羅力對戰的對象，有細長手腳的外星動物，會連續發射出毒針。

登場集數　《怪傑佐羅力之神祕宇宙人》

烏加羅給

跟佐羅力對戰的外星動物。有著跟身體不成比例的粗大雙腳，可以輕易踩扁對手。

登場集數　《怪傑佐羅力之神祕宇宙人》

畢加拉波

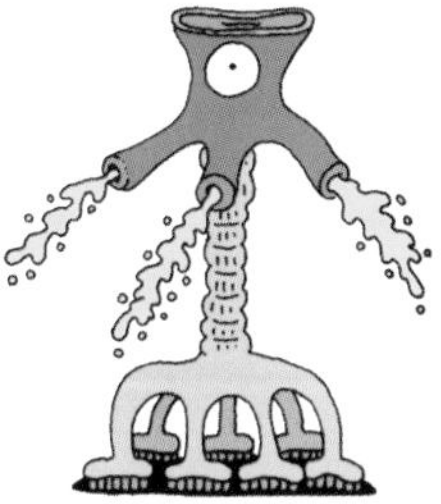

跟佐羅力對戰的外星動物。會釋出很危險的液體、融化對方的身體。

登場集數　《怪傑佐羅力之神祕宇宙人》

霸力嗑力

跟佐羅力對戰的外星動物。如同他的名字，不管遇到什麼都會霸氣的大嗑一頓。

登場集數　《怪傑佐羅力之神祕宇宙人》

馴鹿

拖雪橇的馴鹿。想要抓住佐羅力他們，卻因為他們的腳太臭而逃走。

登場集數　⑪《怪傑佐羅力之恐怖的禮物》

犰狳

被佐羅力抓住、當成足球踢的犰狳，踢到他眼冒金星。

登場集數　⑫《怪傑佐羅力之恐怖足球隊》

食人犬

回頭蛙先生飼養的看門狗，有很鋒利的牙齒。到了㉟集發現原來他是由曼帝發明的。

首次出現　⑯《怪傑佐羅力之忍者大作戰》

登場集數　⑯㉟㊱

鱷魚2

住在谷裡河中的鱷魚。吞掉了伊豬豬，但是因為伊豬豬身上的澀柿子太難吃，又把他吐了出來。

登場集數　㉕《怪傑佐羅力之命運倒數計時》

Q20 冷笑話猜謎　什麼動物不拿錢？

毒蛇

柿子樹上的毒蛇。想要咬爬上來的伊豬豬，反而被伊豬豬甩暈了。

登場集數 ㉕《怪傑佐羅力之命運倒數計時》

地獄的怪獸

小惡魔從地獄帶來的怪獸。張大了嘴巴想要吃掉佐羅力他們。

登場集數 ㉘《怪傑佐羅力之天堂與地獄》

毒蟲

佐羅力被毒蟲咬的示意圖

住在「不止是螞蟻地獄」谷底的毒蟲。被毒蟲刺到的地方會腫起來，二十年都無法消腫。

登場集數 ㉙《怪傑佐羅力之地獄旅行》

鯊魚

魯豬豬要抓鼠帝的時候聚集過來的鯊魚。被魯豬豬身上掉下來的花生吸引而出現。

登場集數 ㉞《怪傑佐羅力之偷畫大盜》

鯨魚2

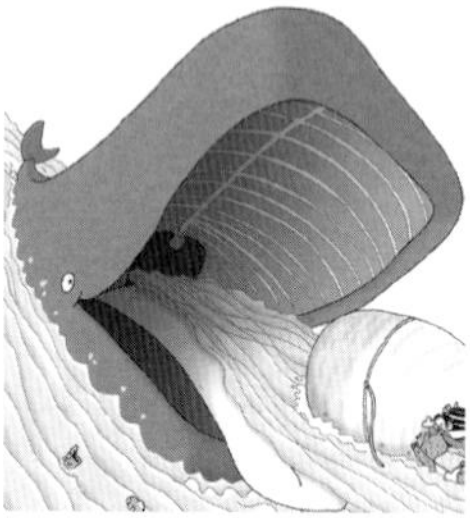

在歐多島附近海上的大鯨魚。吞掉了被暴風雨吹來的恐龍蛋和佐羅力他們。

登場集數 ㊲《怪傑佐羅力緊急出動！守護恐龍蛋》

大章魚

歐多島附近的大章魚。魯豬豬咬掉了他的腳，他很生氣，追著佐羅力他們不放。

登場集數 ㊲《怪傑佐羅力緊急出動！守護恐龍蛋》

大鯰魚

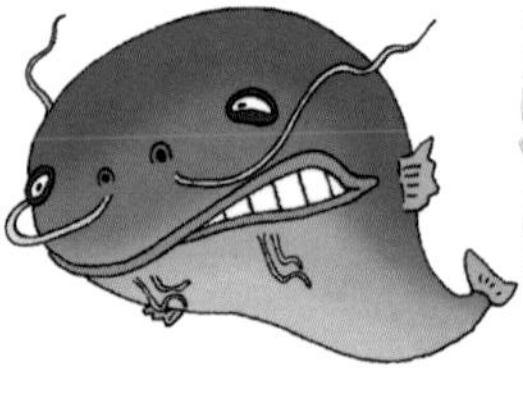

住在瘦身夫人豪宅附近的湖裡。想吃掉要渡過這座湖的佐羅力他們。

登場集數 ㊴《怪傑佐羅力肥肉滾開！瘦身大作戰》

大蜘蛛

住在卡帕魯山的大蜘蛛。用蜘蛛絲團團纏住被蜘蛛網纏住的佐羅力和阿麗伍絲。

登場集數 ㊹《怪傑佐羅力之大、大、大、大冒險（上集）》

大王烏賊

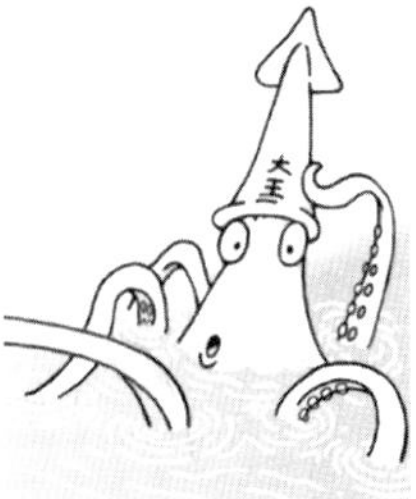

餓著肚子漂流的大王烏賊。抓住了佐羅力他們，但是卻被鋸鮫鋸斷了腿。

登場集數 ㊾《怪傑佐羅力之一定要找到燈神！》

鋸鮫

出現在海中的鋸鮫。想要從大王烏賊手中搶走佐羅力和魯豬豬，但是失敗了。

登場集數 ㊾《怪傑佐羅力之一定要找到燈神！》

冷笑話魚群

住在佐羅力幽靈船附近的魚群。

登場集數 ⑥《怪傑佐羅力之邪惡幽靈船》

愛屋及烏賊

出口成章魚

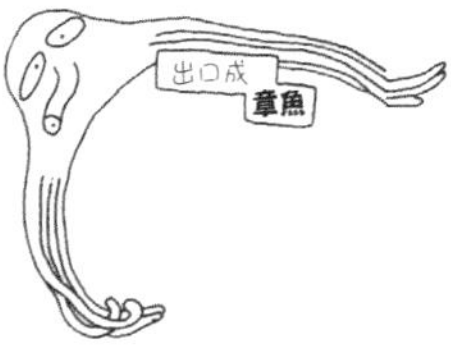

朽木不可鯛魚

花開花蟹

超級比一比目魚

墜入愛河豚

炫風冰鯊

住在深海的魚群

住在龍宮城附近的深海魚群。

登場集數《怪傑佐羅力之海底大探險》

龍宮使者

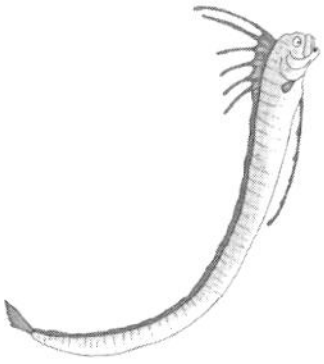

囊鰓鰻

歐氏尖吻鮫

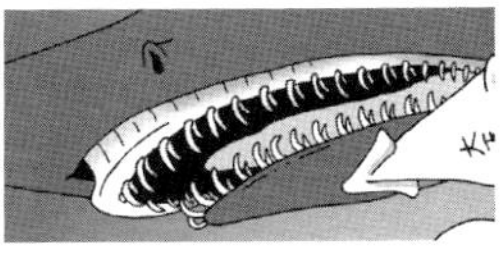

魟魚

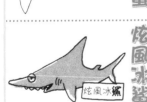

怪傑佐羅力全系列故事介紹&出場角色一覽

介紹「怪傑佐羅力」系列各集的故事，以及每一集出現的角色。角色旁邊寫的數字為出現在本書中的頁數。

有★記號的……是佐羅力他們變裝上場扮演的角色。

※佐羅力、伊豬豬、魯豬豬他們三人因為每一集都會登場，所以就不列出來了。

1 怪傑佐羅力之打敗噴火龍

佐羅力遇見了山賊伊豬豬、魯豬豬，計畫要跟艾露莎公主結婚，自己代替亞瑟成為王子。

2 怪傑佐羅力之恐怖的鬼屋

在妖怪學校老師拜託下，佐羅力跟伊豬豬、魯豬豬一起幫助妖怪們，希望能讓人類害怕妖怪。

3 怪傑佐羅力之魔法師的弟子

住在山上的魔法師。佐羅力他們向他拜師學藝，希望能學習當個魔法師，開始修練。

4 怪傑佐羅力之海盜尋寶記

佐羅力他們接受了獅子海盜船長的最後託付，但是搭上海盜船後卻被捲入海盜老虎的陰謀中。

5 怪傑佐羅力之媽媽我愛你

坐在嬰兒車裡的寶寶從在坡道上往下滑、衝進河裡。佐羅力他們對這個陌生的家族伸出援手，努力搶救嬰兒。

6 怪傑佐羅力之邪惡幽靈船

佐羅力他們把到手的海盜船改造為幽靈船。將蜜月旅行中的亞瑟和艾露莎帶到幽靈船來。

7 怪傑佐羅力之勇闖巧克力城

佐羅力他們的噗嚕嚕巧克力中了獎。小氣的噗嚕嚕董事長不肯交出巧克力城，於是雙方展開一場對決。

8 怪傑佐羅力之恐怖遊樂園

佐羅力他們在亞瑟的城堡隔壁蓋了遊樂園，打算欺騙亞瑟簽下願意捐出城堡的文件……

9 怪傑佐羅力之拯救小恐龍

佐羅力他們前往某個島，打算抓恐龍。在那裡遇見了恐龍媽媽，決定幫她找回被抓走的孩子。

10 怪傑佐羅力之大怪獸入侵

中了彩券的佐羅力獲得了一座零食城堡。但是突然出現的怪獸卻漸漸逼近這座城堡……

11 怪傑佐羅力之恐怖的禮物

能不能從耶誕老公公手中獲得禮物，關鍵就在「好孩子紀錄」！佐羅力發現耶誕老公公的玩具製造機。

12 怪傑佐羅力之恐怖足球隊

足球隊的孩子們之間盛傳著「廁所的花子小姐」的傳說。佐羅力跟妖怪學校老師一起想辦法要嚇孩子們。

13 怪傑佐羅力之佐羅力被捕了!!

受到通緝的佐羅力他們終於被捕入獄。佐羅力他們想盡辦法要逃離監獄，上演一齣精采逃亡劇。

14 怪傑佐羅力和神祕的飛機

佐羅力他們被警察追捕、逃進飛機，但是飛機在山中墜落，佐羅力非常努力，想要拯救一見鍾情的千金小姐。

15 怪傑佐羅力之妖怪大作戰

佐羅力他們跟妖怪學校老師重逢。為了讓上了年紀的妖怪重新找回自信，故意邀請小學生住進破房子……

16 怪傑佐羅力之忍者大作戰

世界上僅剩兩張從未用過的噗噗電話卡。為了拿到另一張，佐羅力他們開始忍者的修練。

17 怪傑佐羅力之佐羅力要結婚?!

為了逃過警官追捕，佐羅力變裝成女孩。但是警官犬拓卻對他一見鍾情，讓事情愈來愈複雜。

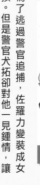

18 怪傑佐羅力之大戰佐羅力城

佐羅力他們遇見了正在煩惱的國王。為了能獲得城堡，拯救公主跟她結婚，佐羅力他們勇敢對抗一群壞人！

19 怪傑佐羅力之恐怖的賽車

佐羅力他們吃冰棒中了獎，來找噗嚕嚕想要兌換，以獎品跑車為賭注，跟噗嚕嚕、摳噗嚕來了一場迷你四驅車對決。

20 怪傑佐羅力之恐怖大跳躍

被警察追捕的佐羅力他們，從雪山一躍而下！最後在五輪匹克會場著陸。丹克要求佐羅力他們當自己的教練。

21 怪傑佐羅力之超級有錢人

佐羅力看到馬鈴薯印章之後靈機一動想要印製假鈔。一開始的作戰失敗了，於是他決定前往造幣局……

22 怪傑佐羅力之電玩大危機

米昂公主從佐羅力玩的電玩中逃出來。佐羅力以為這是可以當上國王的機會，努力想抓住米昂公主的心。

23 怪傑佐羅力之拯救世界末日

一顆大隕石即將撞中地球。佐羅力他們跟造屁博士還有眾多放屁高手攜手合作，一起拯救地球。

24 怪傑佐羅力之名偵探登場

佐羅力造訪的溫泉旅館，鎮店之寶黃金獅子被偷走了。偵探佐羅力開始行動，決心找出小偷！

25 怪傑佐羅力之命運倒數計時

佐羅力他們在山裡救了小雪，後來不小心一起吃下了毒露。為了找到製作解藥的花，佐羅力他們再次進入山中。

26 怪傑佐羅力之恐怖嘉年華

羊羊鎮即將舉辦嘉年華。佐羅力他們幫忙製作花車、炒熱祭典氣氛，目的在於趁亂偷走銀行的錢。

27 怪傑佐羅力之 強強滾！拉麵大對決

佐羅力打算同時擊潰兩家拉麵店、搶走這兩間店。他偽裝成知名的拉麵王，讓兩個老闆做出可怕的拉麵……

28 怪傑佐羅力之 天堂與地獄

佐羅力他們被閻魔王帶到地獄。他靈機一動改變裝扮，前往天堂，跟懷念的媽媽重逢。

29 怪傑佐羅力之 地獄旅行

佐羅力聽了媽媽的話終於清醒，回到地獄面對閻魔王。為了重生，他跟伊豬豬、魯豬豬挑戰克服七個地獄的考驗。

30 怪傑佐羅力之妖怪大聯盟

棒球隊「重建隊」面臨解散危機，妖怪學校老師拜託佐羅力參加他們跟「恐怖隊」的比賽。

31 怪傑佐羅力和神祕魔法少女

佐羅力他們遇見了正在學習當魔法師的奈麗。為了獲得奈麗正在尋找的魔杖，佐羅力他們決定幫忙奈麗。

32 怪傑佐羅力和神祕魔法屋

黑斗篷魔法師握有魔杖。為了讓掉入山谷的魯豬豬起死回生，佐羅力闖進黑斗篷魔法師的巢穴，想搶走魔杖。

33 怪傑佐羅力要被吃掉了！

愚魔王惱羞成怒吞下了佐羅力他們。佐羅力他們因而在愚魔王的身體裡面展開一場大冒險！

34 怪傑佐羅力之偷畫大盜

佐羅力他們來到噗嚕嚕董事長的美術館，在鼠帝的詭計之下被嫁禍，只好努力證明自己的清白。

35 怪傑佐羅力之神祕寶藏大作戰（上）

佐羅力他們從海盜老虎手中救了女孩泰依露。拿到泰依露的爸爸留下的地圖，闖進古老的城堡。

36 怪傑佐羅力之神祕寶藏大作戰（下）

在城堡裡妖怪們的幫助下，佐羅力他們拿到寶藏的鑰匙。但是海盜老虎的海盜船就在外面虎視眈眈……

37 怪傑佐羅力緊急出動！守護恐龍蛋

佐羅力他們來拜訪恐龍媽媽，沒想到恐龍蛋卻被吹落海中。為了守護恐龍蛋，佐羅力他們又展開一場新的冒險！

38 怪傑佐羅力吃吧吃吧！成為大胃王

快要餓死的佐羅力他們遇到了貓島導播，拜託他們參加節目演出，於是佐羅力挑戰成為「大胃王電視冠軍」。

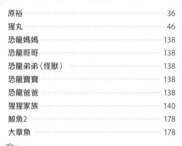

39 怪傑佐羅力肥肉滾開！瘦身大作戰

因為參加「大胃王電視冠軍」變得很胖的佐羅力他們，前往熟知減肥知識的瘦身夫人家……

40 怪傑佐羅力之咖哩VS.超能力

佐羅力他們認識了一群有超能力的孩子，一起前往碰碰倒咖哩的工廠。在那裡知道了非常重要的祕密。

41 怪傑佐羅力之伊豬豬、魯豬豬的致命危機

本來想偷走的金幣竟然被面具男搶走！市長把伊豬豬和魯豬豬當作人質，要佐羅力去尋找金幣……

42 怪傑佐羅力之恐怖超快列車

佐羅力他們搭上的超快列車上，出現了海盜老虎、鼠帝，還有噗嚕嚕＆摳噗嚕他們的身影。他們的目的究竟是什麼？

43 怪傑佐羅力之恐怖的妖怪遠足

妖怪學校的孩子們外出遠足時，佐羅力代替遇到意外的妖怪學校老師，負責帶領妖怪們。

44 怪傑佐羅力之大、大、大、大冒險（上集）

小學的孩子們得了怪病、非常痛苦。佐羅力他們前往卡帕魯山，尋找寶藏並且收集藥材。

45 怪傑佐羅力之大、大、大、大冒險（下集）

在佐羅力他們的努力之下，終於成功的做出了藥。但是因為藥太苦，佐羅力在噗嚕嚕的糖果工廠讓藥更容易入口。

46 怪傑佐羅力之亂糟糟鬧哄哄電視臺

佐羅力打電話到電視臺去客訴，而貓島導播就在這個電視臺工作。在他的拜託之下，佐羅力開始協助製作節目。

47 怪傑佐羅力之美嬌娘與佐羅力城

找到下落不明的「豬面獅身」，將可以獲得高額獎金。佐羅力他們在某間店發現了豬面獅身像……

48 怪傑佐羅力之機器人大作戰

佐羅力他們在噗嚕嚕洋芋片中找到中獎券。但那其實是噗嚕嚕董事長要佐羅力參加機器人相撲大賽的計謀。

49 怪傑佐羅力之神祕間諜與巧克力

佐羅力從間諜蘿絲手中拿到了情人節巧克力，誤以為那是表達愛意的巧克力，結果被捲入了麻煩的事件當中。

50 怪傑佐羅力之神祕間諜與100朵玫瑰

佐羅力決定要拿著一百朵玫瑰跟蘿絲求婚。他在一無所知的狀況下前往蘿絲所在的貿易公司……

51 怪傑佐羅力之佐羅力變成燈神了!

佐羅力他們拿到魔法神燈非常高興，沒想到他們其實是中了燈神的圈套，因而被關進神燈裡變成燈神。

52 怪傑佐羅力之一定要找到燈神!

佐羅力他們找遍了燈神所在的地方，根據魯豬豬畫的人像開始一一查訪，終於找到了燈神。

53 怪傑佐羅力之妖怪運動大會

佐羅力他們遇見了妖怪學校老師，決定參加一個全都是妖怪的運動會。比賽項目全都奇怪極了!

54 怪傑佐羅力消失了!?

在河邊睡覺的佐羅力消失了！伊豬豬和魯豬豬急忙尋找佐羅力。兩個人能找到佐羅力嗎!?

55 怪傑佐羅力之好吃的金牌

佐羅力他們誤以為金牌裡放的是高級巧克力，因此潛入五輪匹克運動會會場，想偷走金牌。

▼日文書封面代表中文未出版

怪傑佐羅力之神祕宇宙人（暫譯）

魯豬豬被UFO抓走了！佐羅力和伊豬豬搭乘火箭追了上去，遇見計畫要侵略地球的外星人。

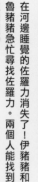

怪傑佐羅力之猜謎大作戰（暫譯）

外星公主來到地球，想要跟佐羅力結婚。為了讓公主趁早死心，佐羅力絞盡了腦汁……

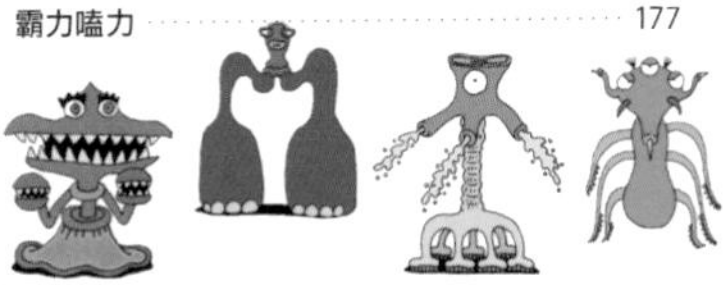

怪傑佐羅力之恐怖尋寶記（暫譯）

佐羅力他們發現前往遺跡的探險隊。為了搶奪寶藏，搶先進入了遺跡，在那裡遇到妖怪們。

怪傑佐羅力之猜謎大王（暫譯）

佐羅力他們吃了毒蕈菇。幫助他們的肯特家族無法參加益智節目，所以佐羅力他們代為參加。

怪傑佐羅力之變身王子娶嬌妻的方法（暫譯）

佐羅力經過的小鎮正好柯絲莫公主在徵求王子。佐羅力當然馬上應徵，參加評選……

56 怪傑佐羅力之海底大探險

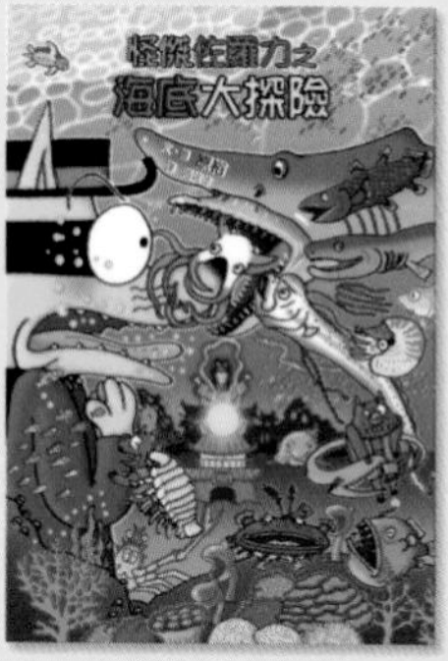

佐羅力他們來到一個海岸，聽說浦島太郎就住在附近。在他們救起的海龜帶路下，佐羅力他們前往海中。

57 怪傑佐羅力之地底大探險

佐羅力他們的潛水艇撞到海底的巖礁。進入洞穴的佐羅力他們以回到地上為目標，開始一場地底大探險。

58 怪傑佐羅力之打敗噴火龍2

佐羅力他們遇見了阿爾薩爾和瑪莎這對兄妹，看到無論如何都想打敗噴火龍的阿爾薩爾，佐羅力他們決定伸出援手。

「菠菜人」系列（暫譯）

作／水嶋志穗　圖／原裕

介紹佐羅力的出道作品「菠菜人」系列。

①《變～身菠菜人》

▶佐羅力和妖怪學校老師出現的集數。

②《菠菜人好寶寶一年級》

③《菠菜人的鬼屋》

④《菠菜人的賽車》

⑤《菠菜人的妖怪島》

⑥《菠菜人的妖怪學校》

⑦《菠菜人的幽靈城》

「伊豬豬和魯豬豬的天翻地覆古怪故事」系列（暫譯）

文／原京子　圖／原裕

以認識佐羅力之前的伊豬豬和魯豬豬為主角的故事。讀完佐羅力的書後有機會也可以讀讀這些系列。

①《平常的平太》

②《歐波拉拉男爵的大冒險》

後續新作敬請期待

按照注音符號排列的索引

以下將「怪傑佐羅力」系列中登場的所有角色人物，依照第一個字的注音符號順序排列出來。只要仔細找到角色名稱下方的頁碼，就可以查到介紹角色的頁面說明了。

ㄅ

ㄆ

ㄇ

ㄈ

佐羅力他們的各種裝扮（按照筆劃順序排列）

國家圖書館出版品預行編目資料

怪傑佐羅力之大圖鑑角色大全集／
原裕原作.監修；詹慕如譯.
-- 第一版. -- 臺北市：親子天下, 2019.12
208 面 ;14.9x21公分.
譯自：かいけつゾロリ大図鑑キャラクター大全
ISBN 978-957-503-496-2（精裝）
1.兒童小說 2.角色 3.讀物研究
861.59　　108014851

怪傑佐羅力之大圖鑑 角色大全集

原作・監修｜原裕（Yutaka Hara）
監修協力｜原京子（Kyoko Hara）
譯者｜詹慕如
責任編輯｜陳毓書
特約編輯｜游嘉惠
校對｜張佑旭、陳韻如
美術設計｜林家蓁
排版｜中原造像股份有限公司
行銷企劃｜高嘉吟

天下雜誌群創辦人｜殷允芃
董事長兼執行長｜何琦瑜
媒體暨產品事業群
總經理｜游玉雪
副總經理｜林彥傑
總編輯｜林欣靜
行銷總監｜林育菁
資深主編｜蔡忠琦
版權主任｜何晨瑋、黃微真

出版者｜親子天下股份有限公司
地址｜台北市 104 建國北路一段 96 號 4 樓
電話｜（02）2509-2800

網址｜www.parenting.com.tw
讀者服務專線｜（02）2662-0332
週一～週五：09：00～17：30
讀者服務傳真｜（02）2662-6048
客服信箱｜parenting@cw.com.tw
法律顧問｜台英國際商務法律事務所・羅明通律師
製版印刷｜中原造像股份有限公司
總經銷｜大和圖書有限公司
電話｜（02）8990-2588

出版日期｜2019 年 12 月第一版第一次印行
2023 年 10 月第一版第六次印行
定價｜599 元
書號｜BKKCH022P
ISBN｜978-957-503-496-2（精裝）

訂購服務
親子天下 Shopping｜shopping.parenting.com.tw
海外・大量訂購｜parenting@cw.com.tw
書香花園｜台北市建國北路二段 6 巷 11 號
電話｜（02）2506-1635
劃撥帳號｜50331356 親子天下股份有限公司